FAKE

FAKE

FAKE

Première édition : *Edvard, mein Leben, meine Geheimnisse*,

300, rue Léon-Joulin, 31101 Toulouse Cedex 9, France
editionsmilan.com

Traduction : Nelly Lemaire

Dépôt légal : 1er trimestre 2016
ISBN : 978-2-7459-7263-7

FAKE

ZOË BECK

FAKE

Traduit de l'allemand par Nelly Lemaire

FAKE

MiLAN

Pour Frederik et Philip, mes neveux

Jeudi 18 août, 15 h 32

Avec un peu de chance, je serai mort avant la rentrée. Je suis tombé sur Henk en allant faire les courses. Henk est dans ma classe et il ne peut pas m'encadrer. Il n'avait pas ses potes avec lui et moi je me dis : « J'espère qu'il va la fermer maintenant qu'il est seul. Là, il n'a pas de public. »

Apparemment, je lui suffis comme public, il vient vers moi et m'aborde :

– Eh, crétin, t'as grandi, ou c'est des aliens qui t'ont échangé contre un grand frère que tes parents connaissaient même pas ?

J'ai pris dix centimètres. D'un coup. Ça a dû se passer dans la nuit.

– Fiche le camp, je dis.

Henk se tord de rire.

– Eh, tu sais ce qui est con ? T'es plus grand que moi maintenant, et tu parles comme une fille.

– Dégage ! je dis.

– Je t'ai trouvé un nouveau nom. À partir d'aujourd'hui, je t'appellerai plus « crétin ».

– Casse-toi ! je dis.

– Maintenant, je vais t'appeler « fillette » ! Merde, j'en pisse dans ma culotte !

– T'es qu'un sale clodo, je dis en tournant vite vers le supermarché bio.

J'attrape un panier et je traverse les allées au pas de course. Je jette un coup d'œil par-dessus mon épaule pour m'assurer que Henk ne m'a pas suivi et je me prends un chariot stationné devant les pâtes. Celui de Constance et de sa mère.

– N'est-ce pas le fils des de Vigny ? demande la mère d'une voix forte.

– Oh, bonjour Edvard, dit Constance.

Je me sens rougir. Je veux lui répondre mais je pense alors que je parle comme une fille. Du coup, je me tais et je fonce vers les produits ménagers.

J'entends encore la mère de Constance me crier « Donne le bonjour à ton père ! » et je renverse le présentoir des cafés.

Il faut que je me tire d'ici.

Vendredi 19 août, 10 h 27

Plus qu'une semaine de vacances et toujours pas de poils sur le torse. Je n'ai pas non plus de muscles, pourtant j'ai lu qu'à mon âge on en a automatiquement – qu'on fasse beaucoup de sport ou non (je ne fais pas de sport du tout). Et ma voix n'a pas encore mué. Je ne rentre plus dans mes affaires. Heureusement, il fait si chaud que je n'ai pas besoin de porter de pantalon. Ils ne m'arrivent plus qu'aux genoux. (OK, j'exagère un peu. Mais pas tant que ça.) Il me faut aussi de nouvelles chaussures mais pas seulement parce que mes pieds sont devenus gigantesques (apparemment pendant la nuit aussi). Tout à l'heure, en filant chez le boulanger pour chercher des petits pains parce que mes parents ne m'avaient une fois de plus laissé que du pain complet, j'ai naturellement mis le pied dans une monstrueuse mine antipersonnel déposée par l'horrible caniche du vieux con de la maison voisine. C'est sûr : le vieux ne ramasse jamais les crottes de son sale cabot. Tout le monde le déteste dans la rue, et tout le monde sait aussi que son chien est le seul à crotter au milieu du trottoir. Mais personne n'ose lui dire ses quatre vérités.

En fait, personne ne lui parle et il ne parle à personne. Drôle de type. En tout cas, je n'ai plus qu'à jeter mes chaussures, elles sont fichues maintenant. Merde alors !

C'est la septième fois cette année que je marche sur une mine. Je le déteste vraiment, ce vieux ! Et sa saleté de caniche encore plus. Faut que j'envoie un SMS à Maman pour qu'elle me rapporte des chaussures neuves. Du 49, au moins.

Vendredi 19 août, 17 h 58

J'ai réfléchi. Il n'y a que deux possibilités : ou bien ce blablabla sur la puberté n'est qu'une énorme campagne médiatique, inventée pour pousser des garçons comme moi au suicide, ou bien mes parents ont falsifié ma date de naissance – je suis en fait beaucoup plus jeune, et la mue et tout le reste ont encore le temps d'arriver. Je penche pour la deuxième. Je crois mes parents capables de tout. ~~D'ailleurs, je crois aussi qu'ils ont falsifié ma date de naissance et qu'ils ont ensuite lancé une campagne médiatique avec de fausses informations sur le déroulement habituel de la puberté afin que, dans ma détresse, je me jette du premier pont venu, ce qui m'empêcherait de découvrir leur mensonge et de les démasquer publiquement.~~

(Je raye tout ça. Je viens de me relire et je trouve ça un peu parano. Mais je ne l'efface pas au cas où j'aurais vu juste. J'aurais alors la preuve que j'avais tout perçu depuis le début.)

((J'ai encore une théorie. Ils ne *connaissent* pas ma date de naissance parce qu'ils m'ont trouvé quelque part après que mes véritables parents m'ont abandonné. Ça expliquerait tout. *Tout.*))

Cette histoire de poils m'énerve au plus haut point parce que j'avais de grandes espérances. J'ai toujours été le plus mince à l'école. Maintenant encore, je suis plus mince que les autres, mais je les dépasse de quelques mètres et j'ai une voix de fille. Ce serait acceptable si au moins j'avais des poils sur le torse. Henk, par exemple, ne se rase pas seulement le visage le matin, mais aussi sous les bras et sur le torse. (Et Arthur m'a dit un jour: « Ne me demande pas où il se rase encore. » Non, je ne veux pas le savoir.) ((Peut-être que les parents de Henk ont aussi falsifié sa date de naissance et qu'il a en réalité deux ans de plus qu'il ne le croit.)) (((Pour mettre les choses au clair: J'ai déjà des poils. Mais pas sur le torse.))) ((((Et je ne parle pas ici de mes cheveux...))))

Ces dernières semaines, j'ai tout essayé pour avoir des poils à raser sur le torse. J'ai même utilisé tous les matins le shampoing à la caféine de Papa et je l'ai laissé agir sur mon torse poitrine super longtemps parce qu'il est écrit dessus qu'il est prouvé que ça stimule la pousse des cheveux.

Je ne sais pas comment je vais pouvoir survivre à l'avenir dans le vestiaire. Hier, j'ai supplié Maman et Papa de me mettre dans un autre collège, mais Maman a répondu:

– Edvard, c'est ton quatrième collège. Nous avons déjà essayé toutes sortes d'écoles privées. Dans la dernière, on t'a même fait passer de la section littéraire à la section scientifique. Maintenant, tu es dans un collège public tout ce qu'il y a de plus normal et tu vas y rester jusqu'au lycée.

– Alors, laissez-moi au moins redoubler la quatrième, j'ai pleurniché. J'ai vraiment un sale bulletin!

– Oui, mais pas parce que tu es bête, seulement parce que tu es trop compliqué, a dit Papa.

– Je ne suis pas trop compliqué. Je voulais juste redoubler ! Ça n'a malheureusement pas marché.

– N'y pense plus, ont dit mes parents en chœur.

Rien à faire. Dans dix jours, je vais devoir y retourner. Sans poils sur le torse, sans muscles et avec de trop longs bras et de trop longues jambes.

Et ils vont tous m'appeler « fillette ».

Constance va me mépriser.

Ma vie est finie.

(PS : Avec mes nouvelles chaussures pointure 49, j'ai de nouveau marché dans une crotte de caniche. Maman s'est écriée : « Cette fois, on ne va pas les jeter ! » Et moi : « Mais j'ai marché dans du caca de caniche ! » Maman a dit : « Avec des chaussures neuves ! Là, tu vas les nettoyer ! » Et moi : « Mais comment je vais enlever cette crotte puante de mes semelles ? » Maman a répondu : « Eh bien, tu vas apprendre à le faire. C'est comme ça qu'on devient grand. » Alors j'ai suggéré : « On ne pourrait pas plutôt demander à ce vieux de m'acheter de nouvelles chaussures ? C'est tout de même son cabot et il n'a pas nettoyé le trottoir. » Et Maman a rétorqué : « Eh bien, va le voir et parle-lui ! » Ah, ah, comme si j'allais le faire !)

Samedi 20 août, 16h43

Depuis aujourd'hui, nous voilà dans une ferme.

« Il faut que notre fils finisse ses vacances en beauté, qu'il vive une belle expérience, avait dit Papa à Maman quand il avait mis ça en route. Et puis, ce qu'il verra là-bas lui servira de leçon et lui permettra de comprendre toute l'importance d'un mode de vie durable. » (Il ne savait pas que je l'entendais.) Naturellement, Maman a tout de suite été enthousiasmée. Voilà pourquoi je me trouve maintenant dans une ferme bio sur la côte Baltique.

Nous avons laissé la voiture dans le village voisin et rejoint lentement la ferme à vélo. Papa a tiré nos bagages derrière lui dans une sorte de chariot. Je me demande bien pourquoi nous n'avons pas continué en voiture. J'ai d'abord cru que papa craignait pour ses pare-chocs dans ce désert. Mais la route d'accès était tout à fait correcte.

De loin, la ferme a des allures de carte postale : bâtiments en brique rouge, toits de chaume, fenêtres blanches à croisillons et portes peintes en vert. Mais les choses se sont gâtées à notre arrivée. Ça pue énormément, c'est plein de bêtes qui courent partout (j'ai même été attaqué par une poule !), je découvre un énorme tas de fumier derrière un bâtiment, et le fermier bio et sa femme ont l'air de sortir tout droit de l'étable.

Malheureusement, je dois leur serrer la main.

– Nous sortons juste de l'étable, dit le fermier.

– Ah, formidable ! s'enthousiasme ma mère.

– Alors, jeune homme, ce sont sans doute vos dernières vacances avec vos parents, n'est-ce pas ? me dit la fermière avec un clin d'œil. Avant d'entamer la vie sérieuse ? Vous allez bientôt passer le bac ?

J'ouvre de grands yeux. Elle veut se moquer de moi, là, ou quoi ?

– Je vais entrer en troisième, dis-je.

C'est à son tour d'ouvrir de grands yeux.

– Oh, excuse-moi… Je pensais… Mais ça s'*entend* bien quand tu… Tu es déjà si… bredouille-t-elle avant de se retirer.

Son mari nous montre les chambres. La mienne est très loin de celle de mes parents, ce qui me réjouit. Mais avant d'y arriver, le fermier m'informe que je vais devoir traverser tout le bâtiment pour aller aux toilettes, et je ne trouve plus ça si top.

– Il y a quelques années encore, les WC se trouvaient dans la cour, m'apprend-il.

– Ah, ah, très drôle !

– Il ne te croit pas, dit sa femme qui vient de surgir comme par magie avec une pile de serviettes toutes propres.

– En hiver, au moment des grands froids, on pouvait voir sa pisse s'envoler en vapeur, ajoute le fermier.

– N'importe quoi !

– C'étaient des latrines, et encore bien avant, mes parents s'essuyaient avec du papier journal quand ils n'avaient pas les moyens de s'acheter du papier toilette.

– Je ne vous crois pas.

– Bon, c'est du passé, tout ça. Maintenant nous avons ces fabuleuses toilettes à compost dans la maison.

– Vous plaisantez, là !

– Non, tu veux que je te les montre ?

Il refait presque tout le chemin en sens inverse et ouvre fièrement la porte des toilettes. C'est un espace étroit. Le siège ne ressemble pas aux sièges habituels, il est beaucoup plus massif. Le fermier soulève le couvercle et je jette un œil dans le vide obscur.

– Je ne vois rien. C'est tout noir.

Il rit de bon cœur.

Je fixe de nouveau le trou vide. Mais je ne vois toujours que du noir.

– Où se trouve la chasse d'eau ?

– Y en a pas ! C'est une toilette sèche !

– Vous avez d'autres toilettes ? je demande.

Je ne pourrai jamais aller là-dessus.

Le fermier se remet à rire.

– Viens, je vais te montrer ta chambre.

Il me conduit à travers les couloirs. Puis il me pousse dans une pièce sombre. Elle est à peu près aussi grande qu'une boîte à chaussures. Ils y ont coincé une énorme et effrayante armoire en bois sombre. Je pense d'abord que je vais devoir dormir là-dedans étant donné qu'il est impossible qu'un autre meuble ait pu trouver place ici. Mais, derrière l'armoire, j'entrevois dans la pénombre un lit du même bois. Et, près du lit, au bas du mur, il y a une étroite fenêtre à bascule, semblable à celle d'une cave. Elle est ouverte. Ça ne sent pas bon du tout dans cette chambre.

– La porcherie se trouve sous tes pieds, m'informe le fermier. Tu préféreras peut-être laisser cette fenêtre fermée. Et tu ferais peut-être mieux aussi de ne pas l'ouvrir le soir, sinon avec la lumière, les moustiques vont entrer.

La fermière se faufile près de nous et enfouit le lit sous une montagne de couettes et d'oreillers blancs.

– Voilà, comme ça, tu vas te sentir bien.

– Il fait trente-cinq dehors. Je vais étouffer là-dessous.

– Ici, les nuits sont plus froides qu'en ville, jeune homme, dit-elle en me tapotant la tête.

Elle doit se mettre sur la pointe des pieds pour le faire.

Samedi 20 août, 18 h 15

Mes parents ont une énorme chambre, elle est si grande que dix personnes pourraient y loger sans jamais se croiser. En plus, ils ont la lumière du jour qui passe par les fenêtres. Et ça ne pue pas tant. Je trouve ça tout de même injuste. Je leur demande s'ils ont déjà vu les toilettes. Maman se met aussitôt à me vanter les avantages des toilettes à compost.

– Et je vais aller où aux toilettes ? Je ne peux pas aller là !

– Quand on a un besoin pressant, on peut le faire partout, dit Papa.

– Pas moi, je réponds.

– On verra bien.

C'est ça. Et puis je ne vois même pas la Baltique parce qu'elle est à un kilomètre de là. Je ne pourrai pas y aller facilement à pied. (Papa avait dit : « Super, on pourra y aller facilement à pied ! »)

Demain, j'aurai le *droit* de regarder la traite des vaches. J'ai déclaré que je n'étais pas si pressé que ça d'y assister. Car enfin, il s'agit de vraies *vaches*, vivantes, puantes, beuglantes et sales, et on sait bien de quoi elles sont capables ! Mais Maman a rétorqué :

– On n'est pas forcément intéressé d'emblée. Mais l'intérêt, ça s'éveille.

– C'est surtout moi qui vais devoir m'éveiller si je dois aller voir la traite à 5 heures du mat. C'est très mauvais pour mon rythme biologique. Je ne suis pas une alouette, mais une chouette.

– Une chouette ?

– Il y a deux sortes de gens, j'explique patiemment. Certains sont des lève-tôt, donc des alouettes, les autres sont des noctambules, donc des chouettes. Je suis *manifestement* une chouette.

– Une chouette ?

– Oui.

– Qu'est-ce qui te fait penser que tu es une chouette ?

Je hausse les épaules. Parfois, je me demande vraiment comment mes parents ont réussi à franchir le cap de l'école. Et même du bac, apparemment.

– Je suis toujours très fatigué le matin et en pleine forme le soir.

Maman me fixe un moment en respirant bizarrement. Puis elle dit :

– L'air de la campagne va te faire du bien. La proximité de la nature et des animaux aussi.

– Ça pue ici ! je proteste.

Et je vois le fermier passer près de moi en roulant les yeux.

Samedi 20 août, 18 h 30

Essayé les toilettes à compost, mais juste pour pisser. Je ne sais pas ce que je ferai quand je vais devoir y aller pour de bon. Il y a peut-être un café dans le coin, n'importe quelle toilette publique sera toujours mieux que ce tas de compost.

Je vais m'allonger sur mon lit et lire un peu mon bouquin préféré. Il s'intitule *Étoiles* et il parle… des étoiles.

Samedi 20 août, 20 h 19

Pas de saucisses au dîner. Mais du pain fait maison, du beurre fait maison, du fromage fait maison et des œufs pondus maison.

– C'est le petit déjeuner, là ?

– C'est végétarien, dit Maman.

– Mais moi, je veux des saucisses.

– Nous aurions bien du jambon… commence le fermier.

Et avec un regard vers Maman, il poursuit :

– … provenant de porcs *heureux*.

– Là, tu entends ? Je veux des porcs *heureux*, je dis.

– Nous avons demandé trois menus végétariens, répond Maman en lançant un regard sombre au fermier. Juste pour cette semaine, Edvard, OK ? Nous étions pourtant d'accord. Tu manges beaucoup trop de viande.

– Mais il a des porcs *heureux*, j'insiste.

– Il ne s'agit pas seulement de l'élevage intensif mais aussi de ta santé, intervient Papa.

– Le fromage, le beurre et les œufs sont aussi des protéines animales, déclare le fermier en roulant de nouveau les yeux.

– C'est justement ce que j'allais dire, je réplique.

Cet homme n'apprécie pas non plus que les légumes ! Je lui envoie un regard de connivence. Malheureusement, il ne le voit pas parce qu'il est en train de se frotter le visage en soupirant.

– Il faut d'abord qu'il s'y habitue, dit Maman. Auriez-vous quelque chose avec du tofu ?

– Je ne veux pas de tofu, je proteste.

– Ça a presque un goût de saucisse.

– C'est ce que tu prétends toujours mais ça n'a rien à voir avec la saucisse !

– Nous avons bien une pâte à tartiner faite maison, elle est végétale, propose le fermier.

– Oh oui, pour moi, s'il vous plaît, dit Papa.

– Pour moi aussi, dit Maman.

– Est-ce que je vais avoir du jambon heureux, maintenant ? je demande dans l'espoir que la pâte végétale ait distrait mes parents.

– Non, s'écrient-ils ensemble.

Le fermier respire à fond. Je crois qu'il a mal à la tête.

On me donne une tartine de fromage et je ne peux m'empêcher d'éternuer.

– Edvard, tu éternues beaucoup. Tu t'es enrhumé ? demande Maman.

– C'est sans doute la clim, dit Papa.

– David, je t'avais bien recommandé de ne pas la régler aussi bas.

– Je vais bien, dis-je en éternuant encore. Je veux juste aller me coucher. Surtout qu'il faut se lever tôt…

– Il est 7 heures ! s'écrie Papa. Nous voulions nous promener ce soir en bord de mer !

– La mer est à des plombes ! je proteste.
– À un kilomètre et demi, rectifie Papa. Plutôt à vélo ?
– J'ai déjà fait du vélo aujourd'hui !
– Nous pourrions contempler le coucher de soleil. Le voir plonger dans la mer. Ça doit valoir le coup.
– Tu n'as qu'à attendre quelques heures et regarder le soleil se lever. La plage est à l'est !
Papa n'a jamais su lire les cartes.
– Laisse-le, il a besoin d'un peu de liberté. Il va sur ses quinze ans, intervient Maman.
– Il les aura dans sept mois, rectifie Papa.
– C'est-à-dire dans un peu plus d'un semestre, dis-je pour résumer.
– Donc, il n'a pas encore quatorze ans et demi, fait remarquer Papa.
– Mais il n'a plus dix ans non plus, rétorque Maman.
Et j'acquiesce. Pas question de tirer la langue pendant des kilomètres pour aller voir la mer. J'ai déjà mouillé mon maillot aujourd'hui, ça suffit pour toute la semaine. Je déteste suer.
Ils sont partis. Assis dans ma petite chambre au-dessus de la porcherie, je tapote sur mon netbook. Au moins, ils ont le wifi ici. La ferme a un site pas si mal, même si c'est le paysan qui l'a conçu. Du moins à ce qu'il écrit dans les mentions légales.
C'est surtout pour Constance que j'ai pris le netbook. Elle est sur Facebook. J'y suis aussi mais sous un autre nom et naturellement sans ma photo. J'ai acheté une photo libre de droits à une agence, on y voit un type de seize ans à l'air plutôt cool. J'ai pris le nom de Jason Miles et je fais comme si j'étais un élève américain participant à un échange scolaire.

En moins d'une minute, Constance a confirmé sa demande d'ajout à sa liste d'amis. Quand j'étais encore sous mon vrai nom sur Facebook, elle m'a ignoré pendant six mois. Elle n'arrête pas d'écrire des trucs sur le mur de Jason ou poste même des photos d'elle. C'est la seule possibilité pour moi de la connaître vraiment bien. Grâce à Jason, je sais tout sur elle parce que Jason peut aussi voir ses photos et ses posts. Au début des vacances, par exemple, elle a passé trois semaines avec ses parents dans le sud de la France. Elle a raconté à Jason tout ce qu'elle a mangé, qu'elle a bu parfois un peu de vin au dîner et qu'elle s'est baignée tous les jours dans la Méditerranée. Elle lui a même envoyé un message avec une photo d'elle en deux-pièces. En tant que Jason, je lui réponds des choses gentilles, naturellement dans un allemand bancal car Jason est américain. Elle me corrige ensuite en me disant qu'elle trouve mes fautes « tout à fait » délicieuses.

Ça n'a pas été si simple de se créer une identité. J'ai envoyé des demandes d'amitié à un tas de lycéens américains et par bonheur environ la moitié les a acceptées. Je devais n'avoir que des amis aux USA. Constance voulait tout savoir sur ma famille et me demandait de lui montrer des photos. Alors l'idée m'est venue d'établir de nouveaux profils Facebook pour la famille de Jason : il a maintenant un frère aîné, une petite sœur, une cousine et une tante sur Facebook. C'était il y a trois mois et je passais alors toutes les nuits devant mon ordi pour truquer les profils et envoyer sans cesse des publications de statut dans un anglais à peu près correct. Je les ai ensuite simplement copiées sur d'autres Américains pour qu'elles paraissent authentiques. À la fin de l'année, mon prof d'anglais n'en est pas revenu de voir mes progrès. Heureusement, Constance n'a rien remarqué.

Aujourd'hui, elle est allée à la piscine avec ses copines puis elles ont mangé une glace et se sont donné rendez-vous pour faire de la musique le soir. Car Constance chante, comme sa mère. Sa mère chante à l'opéra, mon père la connaît parce qu'il est le directeur musical de l'opéra. Pourtant, Constance ne m'invite jamais et ne me parle pas vraiment. Sauf quand je suis Jason.

Un jour, je me ferai probablement opérer pour ressembler à Jason et elle viendra alors au ciné avec moi.

Samedi 20 août, 21 h 01

Dehors, il fait encore jour, je n'arrête pas d'éternuer et ma gorge me gratte terriblement.

Mais à quoi donc pensent mes parents ? Des vacances dans une ferme bio ! J'espère que Henk ne le découvrira jamais ! Ma vie est de toute façon finie mais si ça s'apprend, elle sera finie de finie ! Moi qui pensais que cette vie finirait par devenir meilleure.

Samedi 20 août, 21 h 25

Sur Internet, j'ai regardé en détail l'environnement de la ferme. Tout près d'ici, il y a un endroit qui s'appelle « Californie ». Je pourrais raconter que nous étions en Californie. Et me préparer des histoires de plage. Je n'aurais même pas besoin de beaucoup mentir. Je vais tout lire sur la Californie. Je veux dire... sur la Californie américaine. Et je ferais bien de me chercher un hôtel sur Street View. Henk part toujours en Grèce avec ses parents, depuis des années déjà, parce que son oncle a une résidence secondaire en Crète. La Californie, c'est quand même autre chose !

J'en sais plus au bout de dix minutes.

Eh, ma vie n'est peut-être pas finie... La Californie, ça bat peut-être aussi les poils sur le torse.

Et si Constance en pince tellement pour Jason, elle trouvera sans doute cool de savoir que j'étais en Californie. Je pourrais prétendre y avoir rencontré Jason et être devenu son meilleur ami.

Samedi 20 août, 21 h 27

Non, ça ne va pas. Jason est encore en Allemagne, en échange scolaire. Et puis, il vient de Chicago, c'est plutôt assez loin de la Californie. Ou alors, je vais vite le faire s'envoler là-bas pour rendre visite à sa grand-mère. (Je pourrais créer un profil Facebook pour sa grand-mère.) ((Non.))

Samedi 20 août, 21 h 35

La Californie, c'est vraiment grand !

Samedi 20 août, 22 h 24

Toujours en Californie, en train de faire des recherches.

Dimanche 21 août, 0 h 15

J'ai envie de faire s'écraser l'avion de Jason quelque part au-dessus de l'Atlantique. Constance vient de lui envoyer un message avec plein de petits cœurs.

Dimanche 21 août, 1 h 03

Je n'arrive pas à dormir. Quand je ferme les yeux, je vois sans arrêt devant moi des carrefours californiens. J'ai trouvé un hôtel, il faut encore que j'en charge les données et que je les apprenne par cœur mais je manque vraiment d'énergie.

Mon nez est complètement pris, je n'ai pas de poils sur le torse, je ne trouve pas le sommeil, et je dois me lever tôt pour aller regarder le fermier tâter le pis de ses vaches.

Même si je ne pourrai plus ensuite raconter à personne que nous étions en Californie, je *souhaite* voir ma vie se finir au plus vite.

Dimanche 21 août, 4 h 02

Impossible de dormir : j'ai des mouches plein ma chambre. J'ai malheureusement oublié de fermer la fenêtre hier soir. Ce sont de grosses mouches. Des mouches monstrueuses. De toute ma vie, je n'en ai encore jamais vu de pareilles. Je préfère ignorer où elles se trouvaient avant. Sans doute sur le tas de fumier !

Avec la chance que j'ai, elles vont me transmettre je ne sais quelles sales maladies dont les médecins modernes dans les hôpitaux modernes n'ont encore jamais entendu parler. Quand je serai hospitalisé, ils devront d'abord contacter l'Institut de médecine tropicale pour découvrir de quoi il s'agit. Mais d'ici là, je serai certainement déjà mort d'écœurement. Je ne peux même pas écraser ces bestioles : les mouches mortes et écrasées sont encore plus dégoûtantes que les mouches vivantes. Si j'en tue une, je vais vomir à coup sûr. C'est encore pire avec les papillons et les mites. Je sais qu'ils sont inoffensifs mais, quand je les vois voleter quelque part, je commence à criser sérieusement. Un jour où mes parents étaient partis pour le week-end, il y avait un énorme papillon noir dans le cellier. J'ai dû appeler la femme de ménage pour qu'elle vienne l'enlever. Jusqu'au retour de mes parents, j'ai mangé à la station-service parce que je n'osais plus entrer dans la cuisine.

Maintenant, autant rester éveillé. L'alerte à la traite ne va pas tarder.

Et mon rhume ne s'arrange pas.

Dimanche 21 août, 5 h 43

Merde !

J'ai fini par m'endormir et j'ai oublié de me réveiller ! C'est l'heure de la traite !

Lundi 22 août, 9 h 13

Je suis à l'hôpital.

Voici les faits : J'avais oublié de me réveiller. Donc, j'ai vite enfilé mon short et mes chaussures et j'ai couru à l'étable. Elle se trouve juste à côté de la porcherie qui est en dessous de ma mini-chambre. Mais il n'y avait personne, l'étable était vide. Vide ! Pas la queue d'une vache en vue. Alors j'ai pensé que je m'étais peut-être trompé de bâtiment. J'ai couru vers la porcherie pour m'en assurer. Il y avait là quelques cochons. C'était donc bien la porcherie et non pas l'étable, et l'étable était la véritable étable, mais seulement sans vaches. Alors j'ai pensé qu'il y avait des prairies derrière les étables. J'ai donc contourné le bâtiment et j'ai vu mes parents, le fermier et quelques personnes qui passent elles aussi ces vacances de supplice.

– Edvard, nous t'avions pourtant prévenu que ça commençait à 5 heures ! a dit Maman.

– J'ai oublié de me réveiller ! Je n'ai pas pu m'endormir avant 4 heures parce qu'il y avait des grosses mouches partout dans ma chambre !

– Tu as raté la traite, m'a reproché Papa.

– Bah, nous restons encore quelques jours ici !

– Mais nous avons un programme pour chaque jour. Demain, par exemple, ce sera « Semer et récolter selon le calendrier lunaire ».

– Un programme pour chaque jour ? Je croyais que nous étions *en vacances* ! En fait, c'est comme au collège, j'ai dit avant d'éternuer.

– Tais-toi maintenant ! Monsieur Jambonneau est en train de nous expliquer quelque chose.

– Qui ça ?

– Le fermier.

– Il s'appelle comment ?

– Jambonneau.

– Nous passons une semaine végétarienne chez le fermier bio *Jambonneau* ? C'est une blague ?

– Edvard, je t'en prie !

Je suis donc resté là à regarder le fermier bio Jambonneau caresser ses vaches et nous raconter ce qu'elles mangent et ce qu'elles font toute la journée. Je n'ai pas entendu grand-chose parce que je n'arrêtais pas d'éternuer. Et Jambonneau a fini par dire :

– Ce garçon rend les vaches toutes nerveuses, qu'est-ce qu'il a ?

Et Maman a répondu :

– C'est la clim.

Le fermier a levé les yeux au ciel.

– Autrefois, on n'avait qu'à ouvrir la fenêtre dans le train. Aujourd'hui, ils nous polluent l'environnement avec leurs saletés de climatiseurs.

– Pas celle du train, celle de la voiture, j'ai précisé en me mouchant.

– Vous êtes venus *en voiture* ? s'est étonné le fermier. Normalement, *tous* nos hôtes font attention à leur bilan carbone.

Du coup, j'ai compris pourquoi nous avions garé la voiture dans le village voisin.

– C'est un malentendu, s'est empressée de dire Maman.

– J'ai besoin de quelque chose contre le rhume, j'ai grogné en me frottant énergiquement les yeux.

Ils me démangeaient terriblement.

– Des vitamines, a proposé le fermier. Va à la maison, ma femme va te faire quelque chose d'efficace.

Il n'était que 6 heures du matin, mais j'étais bien réveillé. J'ai couru à la cuisine. La fermière m'a fait un jus de carottes et de pommes râpées, et la seule chose dont je me souvienne, c'est que tout est devenu noir ensuite. Ouais, et puis je me suis réveillé à l'hôpital.

– Votre fils a fait un choc allergique, j'entends déclarer le médecin en revenant à moi.

– Nous avons pourtant tout fait pour qu'il n'ait pas d'allergies ! répond Papa. Pas de conservateurs, pas de jouets en plastique, pas d'adoucissant, des vêtements uniquement en coton bio, un bilan carbone exemplaire…

– Oui, bon, intervient Maman, il pourrait être meilleur.

– Bien, dit le médecin. Mais votre fils fait des allergies maintenant.

– Oh !

– Eh bien, ce garçon ne sera jamais un ami de la nature, assure le médecin en riant. Mange-t-il beaucoup de fruits et de légumes ?

Maman soupire.

– Pour ainsi dire jamais.

– Et quand vous lui en donnez à manger ?
– Il se plaint.
– Vous a-t-il déjà dit que ça lui laisse un drôle de goût dans la bouche ?
Maman et Papa fixent le bout de leurs chaussures.
– Nous pensions qu'il faisait des manières, finit par avouer Papa.
– Ah, ah, je comprends. Il a probablement ça depuis un bon moment. Vous avez certainement pensé aussi qu'il était souvent enrhumé.
– Oui, répond Papa.
– Et un peu sensible aux courants d'air ?
– C'est vrai, concède Maman.
– Nous allons le garder encore un jour ici et lui donner des médicaments à emporter. Prenez rendez-vous avec votre médecin de famille pour procéder aux tests allergiques dès qu'il se sera rétabli.
– Docteur, commence Maman d'une voix toute bizarre. Aurait-il… je veux dire… est-ce grave ?
– Vous voulez savoir s'il aurait pu mourir ?
– Oui.
– En principe, oui. Si la circulation du sang s'arrête et qu'il n'y a personne à proximité, ça peut arriver.
Le médecin hoche la tête et disparaît.
J'aurais pu mourir… C'est en fait beaucoup plus cool que la Californie. Ou encore mieux :
Mon expérience de mort imminente en Californie !
(Ce serait aussi un bon titre pour une rédaction. Ou pour un article dans le journal du collège. Ah non, le cousin de Henk est dans l'équipe de rédaction, n'en parlons plus !)
Mais j'aurai du moins quelque chose à raconter.

Au cas où on me le demanderait.

Mais personne ne me le demandera. Sauf peut-être Arthur, naturellement. Arthur part le plus souvent avec ses parents en caravane. Il a trois frères et ils campent toujours quelque part. Eh oui, et Anselme m'interrogera sans doute aussi. Anselme n'est pas vraiment mon pote mais il traîne toujours avec Arthur et moi. Probablement parce qu'il n'a personne d'autre avec qui traîner. Nous sommes les seuls à ne pas l'envoyer bouler. Et nous le laissons traîner avec nous parce qu'à trois ça donne l'impression de plus s'amuser qu'à deux. En tout cas, je crois que nous donnons l'impression de nous amuser plus. Et puis, Anselme est terriblement intelligent et il nous laisse parfois copier sur lui. Ses parents sont riches comme tout mais ils ne prennent jamais de vraies vacances. Ils partent toujours à Londres ou à New York ou dans des villes où ils peuvent aller au théâtre ou d'autres trucs du genre. Ils ne vont jamais à la montagne ou à la mer.

En tout cas, le médecin dit que je pourrai rentrer à la maison demain. Au moins, je ne retournerai plus jamais dans cette ferme bio infestée de mouches puantes !

Lundi 22 août, 11 h 43

L'infirmière est passée dans la matinée. Pour prendre ma température, ma tension et refaire mon lit. Puis on m'a apporté le petit déjeuner et on l'a débarrassé ensuite. Je n'ai rien eu à faire ! Et j'ai pu me doucher aussi longtemps que j'ai voulu. Personne n'a grogné parce que je gaspille l'eau. C'est comme ça que je me représente les vacances. C'est ici que je veux rester !

Lundi 22 août, 12 h 55

Il faut que je file d'ici. Et vite.

Je viens juste d'avoir le déjeuner : soufflé de légumes.

Moi : « 'Xcusez ! Vous ne m'avez donné que l'accompagnement. Où est le reste ? »

Lui : « Il va falloir en parler à tes parents, ils ont demandé un régime végétarien. »

Moi : « Mais c'est faux ! Je veux manger de la viande ! »

Lui : « Alors, il faut que tu voies ça avec tes parents, ce sont eux qui ont coché ça. »

Moi : « Mais le docteur a dit que les fruits et les légumes ne sont pas bons pour moi ! »

Lui : « Seulement quand ils sont crus. Et ce plat est resté un bon bout de temps dans le four. »

Du coup, j'appelle Papa sur mon portable. Ils sont encore tous les deux à la ferme bio et ils sont manifestement satisfaits du programme en cours : « Plantes médicinales dans la nature… Promenade dans les prairies naturelles. »

Papa dit seulement :

– Nous avions prévu une semaine végétarienne pour toi, et tu étais d'accord !

– Oui, mais pas à l'hôpital !

– Une semaine est une semaine !

– Quand nous étions-nous mis d'accord, en fait ? Personne ne m'a demandé si je voulais vous accompagner dans cette saleté de ferme bio !

Papa :

– Nous en avions parlé à Pâques et tu étais d'accord.

À Pâques ?

Maintenant, ça me revient. Nous venions de rentrer du mariage de ma tante Sabine (c'est la sœur de Maman). Elle est un peu plus jeune que Maman mais c'est déjà tout de même assez vieux. Je ne savais même pas qu'on pouvait encore se marier à cet âge-là, mais Maman a dit qu'il y a aussi des gens de soixante ou soixante-dix ans qui se marient.

– Mais ils n'ont plus d'enfants alors.

– Non, bien sûr.

– Bon. Mais le sexe à cet âge, ça ne marche plus non plus.

– Si, a prétendu Maman.

– Non ! j'ai répliqué.

– Si !

– Pas possible ! Et vous, vous faites encore ça ?

– Oui, et d'ailleurs nous avons moins de soixante ans, a rectifié Papa.

– Pouah, j'ai dit. Mais je ne veux pas de frères et sœurs, vous entendez ?

– Ne t'inquiète pas. Ils ne sont pas programmés, m'a rassuré Maman.

– Mais nous le pourrions encore si nous le voulions, a déclaré Papa. Du point de vue purement biologique.

– Non ! j'ai protesté. Je n'en veux pas !

– Qu'est-ce que tu entends par « nous le *pourrions* encore » ? a demandé Maman à Papa.

– Mais tu es beaucoup trop vieille, j'ai remarqué.

– Maman a quarante-trois ans, on peut encore avoir des enfants à cet âge-là, m'a informé Papa.

– Quelqu'un m'a posé la question à moi ? s'est énervée Maman.

– Pouah, vous êtes écœurants, j'ai dit. Les parents d'Arthur ne font plus ça.

– Les parents d'Arthur ont épuisé leur quota de sexe pour trois vies dans les vingt années passées, a déclaré Maman.

– Julia ! a protesté Papa.

– Qu'est-ce que tu veux dire ? j'ai demandé.

– C'était juste une plaisanterie, a répondu Papa en poussant le son de la radio.

En tout cas, quand nous sommes rentrés du mariage de tante Sabine, je me suis senti mal dans la voiture.

– Il a bu du champagne, a dit Maman à Papa. Je ferais mieux de m'arrêter.

– C'est à cause des escalopes, j'ai gémi.

J'étais allé me chercher quatre escalopes au buffet et j'avais parié à qui en mangerait le plus avec mon cousin Jörn (c'est le fils du frère de Maman). Naturellement, j'avais gagné mais maintenant je me sentais mal.

Maman s'est donc arrêtée, j'ai ouvert la portière et j'ai vomi sur l'accotement.

Papa m'a tendu une bouteille d'eau.

– Plus de paris stupides, désormais !

– Aaah, j'ai gémi.

– D'ailleurs, tu devrais ne plus manger de viande pendant une semaine, ça te ferait du bien.

– Ooaaahhh…

– Nous, par exemple, nous ne mangeons pour ainsi dire pas de viande. Je ne sais pas de qui tu tiens ça, a poursuivi Papa.

– Nous pourrions passer nos vacances à la campagne. Dans une ferme bio, a proposé Maman.

– Ooaaahhh…

– Tu vois, il a dit « oui », s'est exclamé Papa.

– Ooaaahhh, j'ai gémi de nouveau, cette fois avec plus d'insistance, et puis j'ai dû encore vomir.

– Oui, Edvard, tout va s'arranger, m'a assuré Maman.

C'était donc là mon accord donné pour une semaine sans viande ?!! Eh bien, bravo !

Je jette un œil autour de moi dans la chambre : le garçon dans le lit voisin se goinfre de pâtes et de goulasch. Ça sent super bon.

– Papa, dis-je dans le portable. Il faut que je sorte d'ici. Je veux rentrer à la maison. Et n'oublie pas d'apporter de la saucisse fumée en passant me prendre.

Et puis, je raccroche.

– Tu m'en laisses un peu ? je demande au type à côté de moi.

– Non, grogne-t-il.

Mardi 23 août, 16h25

Me revoilà dans ma petite chambre au-dessus de la porcherie. À l'hôpital, ils nous ont donné une liste de tous les aliments auxquels je pourrais être allergique et Maman a affirmé qu'elle viendrait bien à bout de tout ça; comme je serais sous traitement, il n'y avait aucune raison d'interrompre les vacances.

– Ce séjour à la ferme est une expérience importante pour toi. En ville, tu n'apprendras rien sur l'agriculture et l'élevage.

– Quoi?

– Comment on cultive les légumes et élève les animaux.

– Je sais ce que sont l'agriculture et l'élevage. Mais je ne vois pas pourquoi je dois apprendre ça. Et puis, nous avons un jardin chez nous.

– Mais pas de potager. Crois-moi, c'est tout autre chose.

– Et j'ai déjà eu un hamster.

– Edvard, c'est merveilleux ici! intervient Papa.

– Ton hamster est mort au bout de quatre semaines, me rappelle Maman.

– Ça pue !

– Ça pue aussi en ville. Les gaz d'échappement, objecte Papa.

– Mais j'y suis habitué. À ça, et à la viande !

– Nous devons l'avoir échangé à la maternité, dit Papa doucement à Maman.

C'est bien ce que j'ai toujours pensé !

Mardi 23 août, 20 h 39

Le fermier bio Jambonneau m'a pris en pitié. Il a fait honneur à son nom et m'a glissé en douce quelques tranches de son jambon heureux.

Je l'aime bien.

Toujours rien de nouveau à signaler du côté de mon torse. Dans la salle de bains, il y a un miroir qui grossit tout cent fois ou plus. Papa pense que c'est un miroir pour se raser. Maman, un miroir pour se maquiller. En tout cas, j'ai inspecté chaque millimètre mais je n'ai rien détecté. C'est peut-être dû aussi au faible éclairage de la pièce. Du coup, j'ai pris des photos de mon torse et je les ai chargées sur mon netbook pour vérifier tout ça avec un plus grand agrandissement.

Mais là, je jette encore un œil sur la page Facebook de Jason. Constance lui a envoyé un message et elle veut savoir pourquoi il n'a pas donné signe de vie depuis si longtemps. Elle lui envoie son numéro de téléphone parce qu'elle veut absolument entendre sa voix.

Il faut que je trouve un moyen de tuer Jason.

Mardi 23 août, 23 h 41

Là, je regardais les photos. Et Maman se pointe à ce moment-là.

J'essaye d'effacer d'un clic celle qui se trouve à l'écran mais les autres sont encore ouvertes et je ne sais pas pourquoi mais je m'emmêle complètement. Finalement, je referme simplement le netbook. J'aurais dû le faire tout de suite.

– Pourquoi t'es entrée sans prévenir ?

Elle ne le fait jamais à la maison.

Maman dit :

– Excuse-moi, Edvard, j'ai frappé.

– Je n'ai pas entendu.

– Oui, tu devais être occupé… murmure-t-elle en s'asseyant près de moi sur le lit.

Il n'y a pas de place pour s'asseoir ailleurs.

– C'est juste que… j'ai…

Comment lui expliquer ça maintenant ?

– Edvard, je sais ce que tu faisais.

C'est parfois bien d'avoir des parents qui réfléchissent toujours à ce que vous faites.

– Tu n'as pas de honte à avoir, ajoute-t-elle.

– Mais si ! je réponds. Je… j'ai tout essayé, mais…

– C'est bon. Les garçons de ton âge font leurs expériences. Parfois, ils ont déjà trouvé leur orientation, parfois les choses changent encore. Laisse simplement les choses se faire.

– Euh ? Je dois laisser les choses se faire ?

– Tu ne dois pas t'en défendre. Et c'est pourquoi je trouve ça bien que tu t'y intéresses et que tu les explores.

Elle me regarde d'un air radieux.

– Mais… c'est pas ce que je veux !

– Edvard, ce n'est pas grave. Nous te soutiendrons toujours. Maintenant et dans vingt ans encore. Tu n'as pas de souci à te faire.

– Qu'est-ce que tu veux dire avec « dans vingt ans encore » ? Je croyais que ça allait finir par s'arranger.

– Il est fort probable que tu restes comme tu es.

– Mais je dois aller au collège lundi.

Maman acquiesce, elle me prend la main et la presse un peu.

– Tu ne seras pas obligé d'en parler si tu ne le veux pas.

– Et dans le vestiaire ?

– Oh, tu as raison, ça pourrait être difficile. Est-ce si… intense ?

Intense ?

– Euh… non, il n'y a absolument rien à voir ! je gémis.

– Alors c'est bien, se réjouit Maman. Tu vois, tu n'as pas à t'inquiéter que les autres garçons s'aperçoivent de quelque chose et t'ennuient avec ça. Tôt ou tard, ils finiront par comprendre et tu n'auras plus besoin d'avoir peur d'être discriminé. Mais si tu l'es tout de même, nous en parlerons à la principale du collège. D'accord ?

– Vous voulez parler à la principale parce que je n'ai pas de poils sur le torse ?

Mes parents sont bien toujours un peu gênants, mais à ce point ?

Maman me regarde bizarrement.

– Attends ! De quoi parlons-nous en ce moment ?

Je relève mon T-shirt et je lui montre ma poitrine glabre.

– De ça ! Pas un seul poil ! De quoi pensais-tu que nous parlions ?

– J'ai cru que tu étais, euh...

– Gay ?

– Bon, si tu l'es, tu sais maintenant que ça ne nous cause absolument pas de problème et que nous te soutiendrons toujours.

– Je ne suis pas gay ! Comment as-tu pu penser ça ?

– Excuse-moi, j'entre ici et tu es en train de regarder des photos d'hommes nus sur ton ordinateur.

– Je regarde des photos de *mon* torse !

Bon, ça ne le fait pas non plus.

Maman cligne nerveusement des yeux, puis elle se reprend et dit :

– Et pourquoi justement ceux-là ? Pourquoi pas... les poils de barbe ? Ou les poils de pubis ?

– Premièrement, j'ai des poils au pubis, dis-je, soucieux de dignité. Deuxièmement, il y a longtemps que les poils de barbe ne sont plus un signe de virilité. Les poils au torse sont le truc ultime.

– Qui dit ça ?

– Tout le monde.

– Tout le monde ?

– Oui.

– Tout le monde qui ?

– Eh bien… tout le monde…

– Tout le monde au collège ?

– Aussi. Et tous les autres aussi.

– Ah, ah !

– Ah, ah, quoi ?

– Ton ami Henk doit se trouver là-dessous.

Je fais la moue.

– Henk n'est pas mon ami, et je me fiche complètement de ce qu'il dit.

– Edvard, tu ferais peut-être bien d'en parler à ton père, me conseille Maman. Il sait beaucoup mieux que moi ce dont les garçons de ton âge ont besoin.

Elle se lève, prête à partir vers la porte, et je l'arrête :

– Tout ce que je demande, ce sont des poils sur le torse, que ma voix mue et une bonne escalope car je meurs de faim ! Mais j'ai comme l'impression que vous ne pouvez pas m'aider ou que vous ne le voulez pas !

Maman me regarde un instant pensivement, puis elle hoche la tête et murmure :

– Je vais t'envoyer ton père.

Et puis, elle disparaît.

Papa se pointe peu après et dit des choses comme : « Quand j'avais ton âge… » et « Pendant la puberté, il y a beaucoup de choses qui arrivent en une nuit » et « D'après les statistiques, ceux qui tardent à se développer réussissent mieux professionnellement… ».

Je réponds :

– Je vais certainement me développer encore plus tard si on ne me donne pas quelque chose de correct à manger !

– Il est possible que tu aies déjà causé de graves dommages à ton organisme parce que tu as mangé trop de viande. Et de plus, de la viande issue de l'élevage intensif. En douce et à notre insu !

– Au collège et chez Arthur, oh, comme c'est mal de ma part ! Presque aussi grave que fumer !

– Tu fumes ?

– NON !

– Il faudrait que nous en parlions au médecin en rentrant.

– Je ne fume pas !

– Je parle de la viande.

– Henk mange bien des bœufs entiers et sa voix a déjà mué il y a un an. Et il se rase le torse tous les matins ! je l'informe.

– Il a certainement avalé beaucoup trop d'hormones de bovins reproducteurs.

– Il y a des médecins qui refusent de traiter les végétariens, à cause des troubles carentiels !

– D'où sors-tu ces conneries ?

– D'Internet.

Papa soupire et réfléchit quelques secondes. Puis il dit :

– La régression des poils de torse chez l'homme est, exactement comme la disparition des dents de sagesse, le signe d'une évolution en cours. Ça veut simplement dire que tu es beaucoup plus avancé dans l'évolution que… euh… Henk.

Sur ce, il me souhaite une bonne nuit et se retire.

Cool. Dois-je maintenant aller voir Henk et lui déclarer : « Eh, sur le plan de l'évolution, je suis beaucoup plus avancé que toi » ? Je serai bien avancé s'il me colle son poing dans la figure !

Je pourrais simplement simuler un choc allergique lundi, on me laissera peut-être rester à la maison.

Quoique.

Est-on obligé de faire du sport en cas d'allergie ? Je peux certainement me faire dispenser. Plus jamais d'athlétisme ! Plus jamais de sueur ! Je vais tout de suite aller voir ça sur Google.

Mardi 23 août, 23 h 59

Ils recommandent le sport d'endurance. Et la natation. J'ai horreur des piscines.

Mercredi 24 août, 12 h 15

Au cours du programme « La fenaison au temps de nos grands-parents », Papa s'est donné un coup de faux dans la jambe et on a dû venir le chercher en ambulance. C'était très excitant et super captivant. Papa hurlait comme sur le gril. Le fermier a levé les yeux au ciel mais il s'est aussitôt précipité vers lui. En chemin, il a enlevé sa chemise et l'a déchirée en bandes. Il s'en est servi pour lui faire un garrot et pour bander la plaie. En même temps, il a réussi à appeler le médecin d'urgence avec son portable et à nous donner toutes les indications à suivre.

Je crois que ce fermier est un type super.

D'ailleurs, sa femme n'est pas mal non plus. On ne m'a pas laissé monter dans l'ambulance et j'ai dû attendre dans la cour. Elle m'a fait un café – à la maison, je n'ai pas le droit de boire du café parce que ce n'est pas bon pour la santé – et un sandwich au jambon.

– Il faut bien faire quelque chose de toi, elle a dit.

– Est-ce que je peux rester ici ? j'ai demandé, plein d'espoir.

Je venais de penser tout à coup que je pourrais aider à la ferme. Je deviendrais sûrement un jour un mec aussi bien que le fermier bio. Il a beaucoup de muscles. Je l'ai vu quand il a retiré sa chemise. Tout le contraire de Papa. Mais pour diriger un orchestre, on n'a pas besoin non plus de beaucoup bouger. D'autre part, ils ont un jambon super délicieux et certainement aussi de chouettes escalopes. Et avec le temps, je finirais bien par m'habituer aux mouches et à la puanteur. Mieux encore : je ne devrais plus jamais aller au collège. En tout cas, pas dans celui où tout le monde me connaît et où Henk me traite de « fillette ». Je pourrais tout recommencer à zéro et je n'aurais pas besoin de raconter des bobards sur des soi-disant vacances en Californie. Et je pourrais aussi oublier définitivement Jason. Et puis, un jour, je m'inscrirais sur Facebook sous mon nom, Constance m'accepterait comme ami et elle admirerait ma nouvelle vie cool.

Ou peut-être pas.

– Tu pourras naturellement toujours revenir ici en vacances, a dit la fermière.

– Non, je veux dire rester *toujours* ici.

Elle a ri en me glissant quelques tranches de jambon sans pain. Je crois que si elle n'avait pas été aussi vieille (elle doit avoir à peu près le même âge que Maman, qui a déjà quarante-trois ans), j'aurais pu en tomber amoureux.

Mercredi 24 août, 19 h 15

Maman a appelé de l'hôpital et elle a dit :

– Mets tout dans les valises et appelle un taxi. Nous nous retrouverons dans une heure là où nous avons laissé la voiture.

Elle m'a donné l'adresse et j'ai fait les bagages. À vrai dire, je n'en avais pas tellement envie parce que rester ici serait tout de même une bonne option, non ? Et, à bien y réfléchir, ces toilettes à compost sont tout à fait cool.

La fermière m'a aidé à faire les valises, son mari s'est occupé du taxi. Mes parents m'attendaient près de la voiture.

Ils ont recousu Papa et lui ont fait une piqûre contre le tétanos. Il est énervé comme tout et il raconte à Maman :

– Le médecin n'a pas arrêté de sourire en douce et les infirmières riaient !

– Bah, c'est ton imagination, dit Maman en démarrant.

– Non, ils se sont moqués de moi. Comme quoi avec les citadins à la ferme, on savait toujours comment ça finissait.

– Mais ils n'ont pas dit ça méchamment, remarque Maman en grillant un feu rouge.

– Je leur ai fait savoir que j'aimerais bien les voir faire les foins ! Pas sûr qu'ils se débrouilleraient mieux que moi !

– Eh bien, comme ça, tu leur as cloué le bec ! constate Maman.

Elle braque à fond pour s'engager sur la bretelle d'accès à l'autoroute. Derrière nous, quelqu'un donne un coup de klaxon.

– Pas vraiment. L'une des infirmières a grandi dans une ferme et le médecin a financé ses études avec ce genre de travaux.

– Mais on ne peut pas demander ça à tout le monde, objecte Maman.

Elle appuie sur le champignon et double un camion par la droite pour se faufiler sur l'autoroute. Le camion klaxonne.

– On sera à la maison dans combien de temps ? je demande.

– Nous arriverons en début de soirée, répond Maman.

– On me retire les fils la semaine prochaine, dit Papa. Mais je vais aller voir le médecin demain pour qu'il regarde ça.

– Tu pourrais rouler plus doucement ? je demande. Sinon je vais me sentir mal.

– Nous voilà sur l'autoroute maintenant, la route est toute droite, répond Maman en déboîtant sur la gauche pour doubler à toute vitesse un coupé Mercedes.

– Je vais ouvrir la fenêtre, ça te fera du bien, dit Papa.

Le conducteur de la Mercedes ne veut pas se laisser doubler et il roule à notre hauteur mais, comme toujours, c'est Maman qui finit par gagner.

– Est-ce qu'il faut vraiment que j'aille au collège lundi ? je demande. J'aurais bien encore besoin d'une semaine ou deux de repos.

– Évidemment que tu vas aller au collège ! répond Maman en freinant parce qu'un camion déboîte devant elle.

Elle donne un grand coup de klaxon du plat de la main.

– Tu verras, dit-elle en même temps, à la récré tu auras déjà repris tes marques et tu seras content de retrouver tes copains.

– J'y pense, intervient Papa, si le médecin a dû financer ses études en travaillant à la ferme, qui sait si ce n'est pas un vétérinaire en fait ?

– David, parfois tu es vraiment un peu arrogant, proteste Maman.

– Ça n'a rien d'arrogant. C'est juste une estimation réaliste de la situation.

– Je crois que je vais vomir, je dis.

– Mais non ! s'énerve Maman en chassant le camion d'un coup de klaxon.

– Mais si, je confirme.

– Même si c'était un véto, il saurait certainement comment recoudre une plaie anodine, remarque Maman.

– Anodine ? s'écrie Papa. Tu appelles ça « anodine » ? J'ai failli mourir !

– J'ai *vraiment* envie de vomir, je gémis.

– Là, tu vois, tu as rendu Edvard malade avec tes histoires, dit Maman en se rabattant subitement sur la droite.

Quelqu'un klaxonne derrière nous. Et là, elle freine à fond. J'ouvre aussitôt la porte et je vomis sur l'accotement.

Il se passe alors ce qui se passe toujours quand je vomis quelque part sur le bas-côté : la circulation ralentit d'un coup parce que tout le monde veut regarder.

– Y a-t-il quelque part dans ce pays un bas-côté que notre fils n'ait pas encore arrosé ? s'énerve Papa.

– Nous n'avons encore jamais été en Sarre, répond Maman en me lançant un gilet de sécurité orange.

J'ai du mal à l'enfiler, mon estomac se soulève de nouveau et je rends tout le beau jambon de Mme Jambonneau sur les cannettes de bière, les paquets de cigarettes et les papiers de barres muesli.

– Ah, regarde, ce ne seraient pas les Wegerich ? dit Papa en montrant les voitures qui ralentissent en passant devant nous.

Wegerich. C'est le nom de Henk. C'est pas vrai ! Nous sommes quelque part sur je ne sais quelle autoroute, à mille kilomètres de la maison, je suis là à rendre mes boyaux, et c'est justement Henk qui passe par là avec ses parents. Pourvu qu'ils ne nous reconnaissent pas !

– Donne donc un coup de klaxon ! dit Papa.

Maman appuie sur le klaxon.

Les Wegerich klaxonnent à leur tour.

Je vois Henk, assis à l'arrière, qui me fait un doigt d'honneur en riant.

Je peux tirer un trait sur la Californie.

Jeudi 25 août, 20 h 11

En entrant dans ma chambre, je vois deux magazines sur la couette : un *Playboy* et une revue pour homos. Avec une boîte de Kleenex à côté du lit.

Maman ! Oh non !

Jeudi 25 août, 23 h 34

Je viens de tuer Jason.

Hier, j'ai annoncé sur Facebook (en tant que Jason) que j'avais une grave intoxication alimentaire suite à un repas dans un restaurant de poissons. Constance a aussitôt posté 74 messages de bon rétablissement. Aujourd'hui, j'ai écrit sous le nom de James, le frère aîné de Jason, que ce dernier ne souffrait pas d'intoxication alimentaire mais d'une grave allergie. J'ai ajouté que les médecins avaient lutté en vain toute la nuit pour le garder en vie.

Constance veut maintenant savoir quand et où aura lieu l'enterrement.

Jeudi 25 août, 23 h 59

J'ai un peu googlé. Malheureusement, l'allergie qu'on confond avec une intoxication alimentaire, ça ne colle pas. Les symptômes sont trop différents. Il faudrait être débile pour se tromper. J'espère que Constance ne va pas s'en apercevoir.

Vendredi 26 août, 9 h 41

Les 98 amis de Jason veulent tous venir à son enterrement. Sous le nom de James, le frère de Jason, j'ai posté que seule la famille très proche y assistera.

Vendredi 26 août, 9h45

Un gros malin de New York a écrit sur le profil de Jason qu'il faut être sérieusement taré pour ne pas faire la différence entre une intoxication alimentaire et une allergie au poisson. Il suggère à James de porter plainte contre les médecins et lui propose d'en parler à son père, un avocat spécialisé dans les procès pour erreurs médicales. Constance a commenté son post et veut maintenant savoir dans quel hôpital se trouvait Jason pour informer la presse. Elle dit que son père y a de bonnes relations. (Le père de Constance est rédacteur en chef de la page culturelle et Papa dit toujours : « Ils se sont bien trouvés, ces deux-là. » Parce qu'il écrit toujours sur la mère de Constance, bien sûr.)

Vendredi 26 août, 9 h 58

Henk a chargé sur son profil Facebook une photo me montrant avec mon gilet orange en train de vomir sur l'accotement. Je viens de la voir. Elle a reçu 283 « J'aime ». Dont un de Constance. Les 150 commentaires tournent surtout autour de la question du lieu où j'ai bien pu passer mes vacances. (Henk rentrait justement avec ses parents de Suède où ils ont fait de la voile. Pourquoi fallait-il qu'ils aillent en Suède cette année et pas en Grèce comme d'habitude ?) La plupart penchent pour l'île de Rügen, dans la mer Baltique. Je ne pourrai plus jamais me montrer au collège. Nous n'étions même pas *dans le coin* de Rügen, et Rügen semble déjà signifier les vacances d'un loser total.

Vendredi 26 août, 12 h 28

Je viens d'avoir la frayeur du jour : on sonne et j'entends japper devant la porte le caniche débile du vieux d'à côté. Je regarde par la fenêtre des toilettes. Et je vois réellement le grand-père avec son cabot et un sac en plastique à la main. Je ne sais pas si je dois lui ouvrir. Il continue de sonner, frappe du poing à la porte et crie :

– Eh oh ? Eh oh ? Je sais que tu es là ! Je t'ai entendu dévaler l'escalier !

Tant pis pour moi. Je lui ouvre donc. Nous nous fixons sans un mot. Puis il me colle le sac en plastique sous le nez si bien que je peux voir ce qui s'y trouve : une boîte en carton.

– Allez, prends ça ! dit-il.

Et moi :

– Pourquoi ?

Il lève les yeux au ciel, laisse tomber le sac à mes pieds, tourne les talons, tire le caniche derrière lui et disparaît.

J'attrape le sac et l'emporte avec moi à l'intérieur. Comme je suis méfiant et que je crois ce vieux capable de tout, je vais dans la salle de bains, j'enfile les gants de caoutchouc de la femme de ménage et je mets mon masque devant la bouche (un comme ceux que portent les Japonais et aussi tous ceux qui ont peur de la grippe porcine, de la grippe aviaire et de la grippe humaine). ((Je l'ai commandé sur Internet parce que j'ai entendu dire que Constance prépare une fête costumée sur le thème « jouer au docteur », mais elle ne m'a toujours pas invité.)) Puis je sors avec précaution la boîte du sac. C'est une boîte à chaussures. Je l'ouvre avec le manche de la brosse à dents de Papa pour éviter tout contact direct, gants ou pas.

Je me sens un peu comme les types à la télé quand ils inspectent les lieux d'un crime ou désamorcent des bombes ou ce genre de trucs.

Je ne sais pas exactement à quoi je m'attendais. Probablement à tout, aussi bien à une tête de cheval tranchée (même si une boîte à chaussures est trop petite pour ça) qu'à un oiseau mort ou à un paquet de crottes de chien. En tout cas, je ne comptais pas y trouver des sneakers. Ils sont presque pareils que ceux que j'ai salopés dernièrement, mais en plus chouette. Et c'est aussi la bonne pointure. Je les essaye aussitôt et je décide de ne plus jamais les enlever.

Au bout de quelques minutes, je finis par me demander pourquoi ce vieux machin d'à côté en arrive à m'acheter des chaussures neuves. J'appelle donc Maman dans sa galerie, mais son assistant m'informe qu'elle n'est pas là, qu'elle est partie voir une cliente pour prendre les mesures des murs ou un truc du genre. J'appelle Maman sur son portable et elle dit qu'elle n'a pas le temps maintenant parce qu'elle est en train de vendre des tableaux. Elle me glisse vite fait qu'elle a parlé au vieux, même si elle trouve que c'était à moi de le faire, car enfin à mon âge je devrais être capable de formuler mes desiderata, de les exposer clairement, de m'y tenir et de les imposer. Puis elle raccroche, rappelle dix secondes plus tard pour me dire :

– Mais, Edvard, c'est à toi d'aller le voir et de le remercier. Je ne peux pas encore le faire à ta place.

Aller le voir et le remercier ?

Mince alors.

Mais qu'est-ce que je dois faire ? Lui rendre les chaussures ? Au moins, je n'aurais pas à le remercier.

Vendredi 26 août, 12 h 39

Pourquoi le remercier aussi ? C'est lui qui a laissé son cabot faire ses crottes sur le trottoir pour que je marche dedans !

Vendredi 26 août, 12 h 40

Je ne peux pas rendre les chaussures. Je viens juste d'essayer de les retirer. Mais mes pieds ne veulent pas les rendre. On dirait qu'ils ne pourront plus marcher dans d'autres chaussures, tellement ces sneakers sont super.

Vendredi 26 août, 12 h 45

Il faut quand même que j'aille le remercier. Mais d'abord, je vais aller faire un tour sur Facebook pour voir ce que fait Constance.

Vendredi 26 août, 15 h 30

Je suis vraiment bête. J'ai pris l'habitude de m'annoncer sur Facebook en tant que Jason pour aller sur le profil de Constance parce que seuls ses amis sur Facebook peuvent lire ses messages. Elle a écrit : *Dernier vendredi des vacances… mais je me réjouis de retourner au collège lundi ! Ça me changera un peu.* Et moi, pauvre imbécile, je clique sur *J'aime*.

Je veux tout de suite l'effacer, mais Constance l'a déjà vu et elle me tchatte *aussitôt*. Je fais semblant d'être James et de m'être mal connecté. Sans attendre sa réponse, je ferme le tchat et j'efface le profil de Jason. Puis je m'annonce en tant que James pour pouvoir rester au courant. Constance tchatte *tout de suite* avec James et se plaint auprès de lui que le profil de Jason ait disparu. *Comment allons-nous pouvoir continuer à porter son deuil ?* Je promets d'ouvrir une page Facebook en sa mémoire.

Chez Henk, il y a cinquante commentaires sous la photo où je suis en train de vomir sur le bas-côté de l'autoroute. J'ose enfin la regarder d'un peu plus près… Mon père est assis sur le siège du passager et fait joyeusement signe à l'objectif. Ma mère semble s'ennuyer terriblement. Moi, j'agrippe la glissière de sécurité comme si ma vie en dépendait, et mon visage a une teinte verdâtre qui contraste nettement avec l'orange pétant de mon gilet de sécurité.

Il a agrandi et chargé un détail de la photo. On m'y voit la langue pendante et les yeux révulsés. Légende : « Eddie le zombie ».

Je déteste qu'il m'appelle « Eddie ». Mais c'est toujours mieux que « fillette ».

Vendredi 26 août, 16 h 50

Sur le profil Facebook de James, j'ai posté un article disant que la plupart des femmes craquent pour les hommes sans torse velu. Et on peut y lire aussi que les poils du torse chez l'homme connaissent une régression liée à l'évolution de l'espèce. Constance a aussitôt partagé le lien. Et elle a entamé tout de suite un tchat avec moi, c'est-à-dire avec James.

– *Mais tu comprends l'allemand !*

Triple buse que je suis, j'ai posté un article allemand. Je m'explique comme je peux en disant que j'ai appris l'allemand au collège et que je fais des études d'allemand.

– *Mais Jason ne me l'a jamais dit !*

– *Tu ne le lui as sans doute jamais demandé.*

– *C'est vrai. Il m'a simplement écrit que tu étais étudiant…*

Ouf ! Je m'en suis bien sorti, mais ça a été chaud…

En tout cas, je me sens beaucoup mieux maintenant. Les poils du torse sont une affaire classée.

J'espère que Henk lira cet article !

Samedi 27 août, 9 h 12

Je viens juste de découvrir trois poils sur mon torse. Je me demande si je dois les arracher. Finalement, les poils de poitrine ne sont pas trop tendance.

Samedi 27 août, 9 h 55

Maman m'a fait un speech d'une demi-heure au petit déjeuner parce que je n'ai pas encore remercié le voisin pour les chaussures. Elle m'a expliqué que cela avait dû lui coûter dans tous les sens du terme.

– Les retraités sont souvent très pauvres aujourd'hui, elle a ajouté.

– Tu penses qu'il est déjà à la retraite ? Il n'a pas l'air si vieux, remarque Papa.

– Eh bien, il est toujours à la maison. Il est peut-être en préretraite. Et dans ce cas-là, il touche encore moins d'argent.

– Il a une maison plus grande que la nôtre et il appartient à la génération qui touche une très bonne retraite, dit Papa.

– Il y a des baisses de retraites sans arrêt, fait remarquer Maman.

– Non, réplique Papa, lui, il est plutôt concerné par les hausses permanentes.

– Ah bon ? fait Maman.

Je ne comprends rien à tout ça.

– Il a de l'argent ou pas ? je demande, un peu énervé.

– Il en a, répondent mes parents en même temps.

– Donc ce n'est pas si grave si je le remercie seulement aujourd'hui.

– Comme je te l'ai dit, il n'était pas obligé, dit Maman.

– Et moi alors ? Je suis obligé de marcher dans les crottes de son caniche ?

– Il n'a pas tout à fait tort... reconnaît Papa.

– Mais il doit tout de même le remercier, insiste Maman. C'est une marque de grandeur et de force de caractère de pouvoir dire « merci » et « excusez-moi », même si ça paraît difficile.

Elle se prépare à me refaire un speech, mais je la prends de court.

– Ça va, j'y vais, dis-je en tournant les talons.

– Débarrasse d'abord la table ! grogne-t-elle derrière moi.

Samedi 27 août, 17 h 31

Je ne suis pas encore allé chez le vieux parce que j'ai eu de la visite. Mais je l'ai vu par la fenêtre en train de tondre sa pelouse et de balayer son trottoir. Son idiot de chien était toujours là, assis à le regarder. (Le bestiau est allé deux fois arroser le lampadaire.) Arthur est passé pour me raconter ses vacances en détail. Et puis, Anselme s'est pointé lui aussi. C'est bizarre avec lui : nous ne l'appelons jamais, et nous ne l'invitons jamais à rien mais il sait toujours où nous sommes et vient nous rejoindre. En tout cas, tous les deux paraissent s'être beaucoup plus amusés que moi. Dans son camping, Arthur a rencontré plein de Belges et de Hollandais et quelques-uns étaient aussi gros que lui. Il a dit qu'il pourrait passer les revoir aux prochaines vacances. Avec ses parents, Anselme a fait la même chose que d'habitude. Ils ont passé trois semaines au Canada : une à Toronto, une à Vancouver et une à Montréal. Ils sont allés trois fois à l'opéra, quatre fois au concert et ils ont vu douze musées en tout. Il veut tout nous raconter en détail mais Arthur et moi laissons tomber la tête sur la poitrine en émettant des ronflements. Ça lui cloue aussitôt le bec. Je parle alors un peu de la ferme et je leur raconte que je ne dois plus manger de fruits parce que j'y suis allergique. Arthur est très impressionné et m'envie beaucoup. Il veut à tout prix savoir comment je m'y suis pris parce qu'il aimerait aussi ne plus manger de fruits.

Et puis, le clou ! Anselme nous colle sans un mot son smartphone sous le nez. Sur l'écran, on voit une photo de lui avec une fille. Elle lui ressemble beaucoup. Mince, petite, cheveux orange qui rebiquent dans tous les sens, pâle et pleine de taches de rousseur. Ils ont presque les mêmes grosses lunettes brun foncé et portent tous les deux une veste en jean qui ne leur va pas du tout.

Naturellement, Arthur lui dit :

– Depuis quand t'as une sœur ?

Mais moi, je pige aussitôt.

– Eh, tu t'es trouvé une copine ?

Anselme acquiesce, rayonnant. Ne sachant pas trop s'il doit ajouter quelque chose, il choisit de se taire.

– Comment elle s'appelle ? Où l'as-tu rencontrée ? je lui demande.

Et Arthur :

– Vous avez baisé ?

Anselme rougit.

– Elle s'appelle Olivia et elle vit à Toronto et nous nous sommes rencontrés au Mocca.

– Depuis quand tu bois du moka ? Je croyais que tu n'aimais pas le café, dit Arthur.

– Depuis quand tu t'y connais en café ? je demande à Arthur.

– Le Mocca, c'est le musée canadien d'art contemporain, déclare Anselme en nous montrant la page Web. Nous nous sommes tout de suite bien entendus et nous nous sommes donné rendez-vous pour le lendemain au musée des chaussures Bata.

– Vous avez regardé des *chaussures* ? s'exclame Arthur, manquant d'en renverser son coca zéro.

Arthur aime les chaussures. « Que l'on soit gros ou mince, les chaussures, ça vous va toujours », il a dit un jour. Arthur passe tous les ans les vacances de Toussaint en cure pour perdre du poids. Il en revient chaque fois de mauvaise humeur et il essaye de suivre son régime jusqu'à Noël. Mais au moment du marché de Noël, il s'empiffre de nouveau à fond et reprend en deux jours ou presque tous les kilos qu'il a mis des mois à perdre. « Mon corps ne veut pas être mince, voilà tout », répète-t-il sans arrêt. Mais il s'est tellement habitué au coca zéro pendant la cure qu'il en avale des litres tous les jours.

Anselme montre à Arthur quelques photos qu'il a prises des chaussures. Mais ce ne sont pas les chaussures qui intéressent Arthur. Alors, Anselme lui parle d'Olivia et lui raconte que désormais ils communiquent par Facebook et Skype mais qu'Olivia veut persuader ses parents de la laisser partir le voir pendant les vacances de Noël.

– Et vous avez couché ? demande Arthur.

Anselme rougit de nouveau comme une tomate.

– Je crois que je ne suis pas disposé aux conquêtes fougueuses, dit-il dans un style ampoulé comme toujours, et Olivia non plus. Nous voulons laisser notre relation suivre normalement son cours et attendre de voir ce que l'avenir nous apportera.

– Autrement dit, elle ne t'a pas laissé la toucher, résume Arthur d'un air entendu.

Anselme lui lance un regard mauvais, en tout cas aussi mauvais que le lui permettent ses verres en cul-de-bouteille.

Dimanche 28 août, 21 h 56

Je suis allé à côté et j'ai remercié pour les chaussures. Je dois dire que ce sont vraiment des super-chaussures. Je les garderais bien la nuit.

En fait, c'était bien d'aller le voir.

Ce type est encore plus bizarre que je ne le pensais. Il a une pièce pleine de meubles super antiques et une autre aux murs pleins de livres. Il y en a même au-dessus de la porte. Les bouquins occupent deux rangées, d'autres sont de travers sur des piles et d'autres encore empilés par terre. Il y a aussi une échelle, probablement pour accéder à ceux qui sont tout en haut, et un fauteuil avec une petite table. Le parquet est couvert de trois tapis persans superposés. Le vieux me dit de m'asseoir sur le canapé, il va me chercher un verre d'eau et tandis que j'attends, le caniche se plante devant moi, me regarde et remue la queue en haletant.

– Caniche, dit le vieux en montrant son clébard.

– Je vois.

– Non, il s'appelle Caniche.

– Ah bon.

Comme je ne sais plus quoi dire, je répète simplement :

– Merci pour les chaussures.

Je l'ai déjà remercié quand il a ouvert la porte mais il n'a pas réagi alors. Il m'a seulement prié d'entrer.

– Oui, les chaussures, dit-il. Elles te vont bien au moins ?

Je soulève un peu mes pieds.

– C'est clair !

– Alors fais attention à ne pas remettre les pieds dans les crottes de Caniche.

C'est à cette saleté de cabot de ne plus crotter sur le trottoir, je pense, mais je n'ose pas l'exprimer. Je balaie la pièce du regard.

– Oui, tout cela, ce sont des souvenirs de famille, m'apprend-il. Le lustre vient de mon grand-père.

– Il doit être vieux, je constate. Vous n'avez pas d'argent pour en acheter un neuf ?

– Peut-être que je n'en veux pas de neuf, répond-il. Caniche t'aime bien.

La bestiole a posé ses pattes sur mes genoux et remue toujours la queue. Je tends ma main et je lui tapote prudemment la tête.

– Vous pourriez aller vous promener ensemble, propose le vieux.

– Oh, je ne sais pas.

– C'était juste une idée comme ça.

Puis nous nous taisons de nouveau, mais ça semble moins le déranger que moi. Il a l'air tout à fait détendu. Je me creuse le cerveau pour alimenter la conversation.

– Vous habitez ici depuis longtemps ? je demande. Il y a tellement de vieilles choses ici.

– Elles sont là pour que je n'oublie pas.

– Ah, dis-je, bien que je ne comprenne pas ce qu'il raconte.

– Ce sont mes grands-parents qui ont construit cette maison. J'y suis né.

Et là, il rit un peu.

– Ici, dans cette chambre juste au-dessus de nous. Ma mère n'a pas eu le temps d'aller à l'hôpital. Je devais être trop pressé. Et toi ?

Je hausse les épaules.

– À l'hôpital, comme tout le monde.

– Comme tout le monde, répète-t-il.

– Oui, enfin… comme presque tout le monde.

Je me demande quel âge il peut avoir et si je dois lui poser la question.

– J'ai déjà soixante ans maintenant et je suis toujours ici, dit-il.

Il lit dans mes pensées ou quoi ? Ça fiche la trouille.

– C'est quoi votre métier ? je demande.

– J'ai été professeur d'université. Mais il y a bien longtemps.

Alors là, je ne sais plus quoi dire. Je vide mon verre d'eau, tapote la tête de Caniche et je répète encore :

– Merci pour les chaussures, elles sont vraiment super.

Il hoche la tête et se lève.

– Oui, et je suis désolé que tu aies la poisse de marcher dans les crottes de Caniche. Ta mère m'a dit que ce n'était pas la première fois, mais…

– Oui, dis-je vite. C'est sûr. Mais ce n'est pas si grave.

Je ne sais pas pourquoi je sors une telle ânerie. Évidemment que c'est grave ! Je préférerais crier : « Tu n'as qu'à nettoyer quand ta bestiole chie quelque part, comme ça tu ne seras pas obligé d'acheter des chaussures neuves aux enfants des voisins ! »

Puis je me lève et je lui dis au revoir.

– C'était bien, ta visite, remarque le vieux. Eh bien, à bientôt alors.

Je hoche la tête et je regarde la plaque de la sonnette en pensant tout à coup que je ne connais même pas son nom. Je lis : *Tannenbaum*. Un nom rigolo… Tannenbaum !

Je connais un autre Tannenbaum. Daniel Tannenbaum. C'est l'auteur du livre *Étoiles*, le classique de l'astrophysique. Ma bible ! Mon livre préféré ! Daniel Tannenbaum enseignait l'astrophysique à Harvard avant de prendre une retraite anticipée pour cause de problèmes de droits d'auteur. Depuis, il n'a plus rien publié. (Tout ça, c'est sur Wikipédia.) Peut-être que Tannenbaum connaît cet autre Tannenbaum. Il faudra que je le lui demande.

Je ferais mieux d'aller dormir. J'ai école demain. ☹

Constance. ☺

Henk. ☹☹☹

Vendredi 2 septembre, 19 h 43

Une semaine d'école : très pénible.

Catastrophe n° 1 :

Constance ne porte plus que du noir parce que Jason est mort. Elle affirme qu'il était son meilleur ami. Selon certaines rumeurs, Jason était plus que son meilleur ami. De plus, Constance a bombardé James de mails pour qu'il ouvre enfin sur Facebook une page à la mémoire de son frère. J'ai fait alors le mort (disons que James a fait le mort). Après tout, le frère d'un mort récent n'a pas le temps de fréquenter sur les réseaux sociaux une fille qu'il ne connaît même pas. Du coup, Constance a créé elle-même la page en ajoutant James comme administrateur. Elle lui a envoyé aussi un message : *S'il te plaît, charge plein de photos de Jason, même celles où il était tout petit.* Où vais-je pouvoir me procurer ces photos ?

La page en mémoire de Jason a déjà reçu 200 *J'aime*. Il n'avait pas autant d'amis Facebook.

Catastrophe n° 2 :

Depuis lundi, il y a un nouveau plan de classe.

Comme Arthur s'éternise aux toilettes, j'attends qu'Anselme s'installe à une table et je vais vite m'asseoir à une autre. Je fais semblant de ne pas le voir et je fouille dans mon sac à dos. Arthur doit s'être endormi dans les toilettes. Je continue de garder ma tête dans le sac.

Tous les portables se mettent à sonner chacun à son tour. Le mien aussi. Un SMS de Henk : la photo qui me montre en train de vomir ! Ils se tordent tous de rire et moi, naturellement, je vire au cramoisi.

Pisseux, le punk de la classe, hurle au fond :

– Sacré bon sang de merde, c'est presque aussi génial que la photo où je dégobille sur les chaussures de mon grand-père le jour de ma communion !

Quelqu'un s'assied alors à côté de moi. Un type que je n'ai encore jamais vu. Apparemment, un nouveau.

– Il y a quelqu'un ici, je dis.

– Je ne vois personne, qu'il répond.

– C'est la place de mon pote Arthur, j'insiste. C'est juste qu'il est parti aux toilettes.

– Alors, il n'aura qu'à se chercher une place ailleurs, déclare le type en plaquant son sac à dos sur la table. Il n'en reste plus beaucoup de libres.

Je jette un regard dans la classe : il ne reste plus qu'une place à côté d'Anselme. Anselme est sans doute le seul à ne pas avoir reçu un SMS de Henk. Il se tord le cou vers les portables des autres pour découvrir ce qui les fait rire autant.

Le type à côté de moi demande :

– Pourquoi ils sont tous là à rire comme des baleines ?

Qu'est-ce que j'ai à perdre ? Il va peut-être comprendre à côté de qui il se trouve et libérer la place pour Arthur. Je dis :

– À cause de ça.

Et je lui montre ma photo.

Il la regarde.

– Oh !

– Ma mère a une conduite un peu cahotante.

– Je comprends, qu'il dit.

Il me regarde et ajoute :

– C'est con, pas vrai ?

– Il a mis la photo sur Facebook. Et là, il vient de l'envoyer aussi sur tous les portables, je l'informe.

– Qui ça, il ?

Je lui montre Henk.

– Ça lui arrive souvent de faire ça ?

– Sans arrêt, je réponds.

– Il est certainement très populaire ?

– À fond.

Il se lève alors et se dirige vers Henk.

– Eh, moi c'est Karli, dit-il en lui serrant la main.

Eh bien, super ! Même pas là depuis deux minutes et le voilà déjà qui se range du côté sombre de la Force.

– T'es nouveau ici ? demande Henk.

– Yep ! Mais nous avons une connaissance commune. Devine un peu de qui je parle. Blonde et jolie. Pas de notre classe.

Henk rayonne :

– Moni ?

Je jette un œil vers Constance qui n'a pas l'air de rayonner du tout en entendant le nom de Moni.

– Tout juste. Moni. Elle m'a dit de te passer un message.

Il ne manquait plus que ça. Dans cinq minutes, ils seront sans doute copains comme cochons.

– C'est vrai ? J'ai dû lui laisser un bon souvenir à la petite, se vante Henk en jetant un regard suffisant autour de lui pour s'assurer que tout le monde entend bien ce que la jolie blonde Moni a à lui dire. Alors, qu'est-ce qu'elle raconte ?

– Qu'elle n'a encore jamais vu un loser comme toi. Ne le prends pas mal, mon vieux, elle aime plutôt les types qui ont quelque chose dans le cerveau.

Karli prononce ça comme s'il en était sincèrement désolé et il donne une tape amicale sur l'épaule de Henk avant de revenir à notre table.

Les autres se remettent à glousser. Ils ne s'esclaffent pas, ils essaient plutôt de se contenir.

Pisseux croasse :

– On dirait que tu t'es pris un vent !

Et cette fois, ils éclatent tous de rire.

Je suis tout bouleversé.

– Cette Moni était dans ta classe ? je demande à Karli.

Il hausse les épaules.

– Je ne connais pas de Moni.

Je le regarde, ébahi, puis je comprends.

– Merci, dis-je.

Il me tend la main.

– Karli.

Je lui serre la main.

– Edvard.

– Comme le vampire ?

– Non, comme le compositeur.

– Grieg ?
– Tu connais ?
– Bien sûr.
– T'es bien le premier.
– Ça te cause un problème, Edvard avec un v ?

Nous rions et Arthur entre alors dans la classe. Il grimace en voyant que la place à côté de moi est occupée. Il se dirige vers Anselme en roulant les yeux. Celui-ci s'en réjouit naturellement et se pousse tout au bord pour lui laisser un peu plus d'espace.

Je suis impressionné par Karli et je lorgne vers lui le plus discrètement possible. Contrairement à Henk et aux autres garçons, il n'a pas cette coupe émo en coup de vent mais une coiffure rockabilly : les côtés et la nuque coupés court, les cheveux du dessus un peu plus longs et relevés. Il porte une veste noire et un pantalon étroit à carreaux glissé dans des bottes ouvertes. Pas vraiment le genre des copains de Henk, j'aurais dû m'en apercevoir tout de suite. Plutôt du style à se faire plonger la tête dans les toilettes par Henk et ses copains. (Sort réservé à tous ceux qui sont différents d'eux. À l'exception de Pisseux : Henk en a peur parce qu'il a un grand frère en seconde, punk lui aussi.) Mais pas non plus du genre à se lier d'amitié avec moi.

Henk a l'air prêt à coller la tête de Karli dans les premiers WC venus. Mais voilà Mme Müller-Böhne qui arrive.

Et maintenant le clou : Mme Müller-Böhne nous annonce l'arrivée d'une nouvelle élève et nous regardons tous autour de nous jusqu'à ce que Karli se lève.

– Je m'appelle Karla mais tout le monde m'appelle Karli, dit-elle en hochant la tête à la ronde.

Des murmures parcourent la salle.

À la fin du cours, Henk fonce vers notre table et déclare à Karli :

– Tu peux t'estimer heureuse que je ne me batte pas avec des filles.

Et à moi, beaucoup, beaucoup plus fort afin que tout le monde l'entende :

– Eh, fillette, t'es sa meilleure amie maintenant ? Et elle va te défendre ?

Ce qui s'est passé ensuite doit être expliqué à part comme :

Catastrophe n° 3

Je me lève et je colle à Henk un coup de poing. Je crois que j'en suis beaucoup plus choqué que lui. Surtout quand son nez se met à saigner. Derrière moi, j'entends des applaudissements spontanés, sans doute d'Arthur et d'Anselme.

Je suis encore sous le choc quand on me conduit dans le bureau de la principale. Je n'ai aucune idée du temps que mes parents ont mis pour arriver. Mon père a dû annuler une répétition d'orchestre mais la galerie de Maman est de toute façon fermée le lundi ; elle était à la maison et s'occupait de ses papiers. Bizarrement, j'ai plus pensé à mes parents qu'à ce qui allait m'arriver.

La principale leur parle longuement à tous les deux mais je n'écoute pas vraiment. Je revois juste la scène où je colle un coup de poing sur le nez de Henk et le sang qui coule sur sa bouche…

Et puis Henk entre dans la pièce et quelqu'un me dit de m'excuser, ce que je fais, et ensuite Henk me présente aussi ses excuses et nous repartons tous chez nous.

Pour la première fois de ma vie, je suis interdit de sortie et d'Internet. Mes parents me confisquent aussi mon portable. D'habitude, tout est discuté entre nous. Pas cette fois.

– La seule chose qui me vient à l'esprit, dit Maman, c'est que tu es pénalement responsable.

– Et c'est aussi la première fois que tu fais ça, renchérit Papa.

Il paraît beaucoup plus abattu que Maman qui, elle, reste plutôt cool.

– Je me demande de qui il peut tenir ça ? s'interroge Papa. Nous avons pourtant toujours fait en sorte qu'il apprenne à résoudre raisonnablement les conflits.

– À vrai dire, je lui en aurais volontiers collé une aussi à ce Henk, s'écrie Maman. Ah, ah !... Mais naturellement, ce n'est pas une solution, s'empresse-t-elle d'ajouter. Edvard, tu as maintenant une semaine pour réfléchir et discuter avec nous de la façon la plus convenable de se défendre.

Au collège, on nous a donné une heure de cours exceptionnelle sur le thème du « harcèlement ». Henk est resté toute la semaine chez lui, même si la plupart des sujets abordés le concernaient directement, mais bon... Ses copains me fichent la paix, ils m'évitent, et maintenant Karli traîne avec Arthur, Anselme et moi. Même Pisseux a demandé si nous ne voulions pas traîner avec lui.

Mais ce qui n'a pas changé, c'est Constance. Quand elle me voit, elle lève les yeux au ciel et me tourne le dos. En revanche, la page Facebook à la mémoire de Jason a maintenant reçu quelque 3 000 *J'aime*. Je n'ai aucune idée de ce qui va se passer. Je préfère l'ignorer. Si rien ne se passe sur la page, l'intérêt retombera de lui-même.

Depuis ce soir, j'ai donc de nouveau accès à Internet, mais juste une heure par jour.

Et maintenant, je fais ce que j'ai fait pendant toute la semaine : je me passe de vieux DVD de *Star Trek*. Je commence à connaître par cœur toutes les répliques de la Nouvelle Génération.

Samedi 3 septembre, 20 h 12

La page souvenir de Jason a maintenant dans les 10 000 fans.

Il y a des centaines de messages avec une foule de commentaires. La plupart s'émeuvent de ce que Jason ait été victime d'une erreur médicale aussi tragique et ils recommandent des avocats auxquels la famille pourrait s'adresser.

Beaucoup veulent savoir dans quel hôpital il est mort et demandent à la famille de Jason de publier les noms des médecins concernés.

Les autres veulent savoir quand et où aura lieu l'enterrement et s'ils peuvent apporter des fleurs ou verser de l'argent à une œuvre de bienfaisance.

Certains pensent même à créer une fondation au nom de Jason. Et discutent en ce moment même de savoir à qui cette fondation devrait profiter. Une fondation ?

Je n'aurais jamais pensé me sentir un jour aussi heureux de n'avoir qu'un accès restreint à l'ordinateur.

Dimanche 4 septembre, 19 h 30

Cet après-midi, j'ai passé un peu de temps avec Arthur, Anselme et Karli. Nous sommes assis dans le jardin à dénigrer Wesley Crusher quand ma mère arrive en traînant Pisseux derrière elle.

– Tiens, je vous amène un copain de plus.

– Ce n'est pas un de nos copains, je dis.

– Il s'est juste égaré dans notre classe, précise Arthur.

Maman se met les mains sur les hanches.

– Edvard, ce n'est pas parce que tu as été maltraité par ce pitoyable Henk que tu dois reproduire ce comportement avec les autres. Je comprends que tu le fasses, beaucoup de victimes de harcèlement réagissent ainsi. Mais je sais que tu es assez fort et sûr de toi pour ne pas faire la même faute que ce pauvre Henk.

Ces derniers temps, ma mère ajoute toujours un qualificatif au prénom de Henk. Jamais le même. Et jamais un qui lui plairait.

– Maman, je ne suis pas victime de harcèlement, j'étais simplement énervé.

– Évidemment que tu es victime de harcèlement. Le refoulement et l'abnégation font aussi partie du comportement caractéristique des victimes. On devrait peut-être en parler à un psychologue, David ? hurle-t-elle en direction de la maison.

Mon père marmonne faiblement. Maman insiste :

– Comment s'appelle cette psy qui s'occupe de tous tes chanteurs et de tes premiers violons ?

– La mère de Constance est suivie par une psy ? demande Arthur, intéressé.

Naturellement, tout le monde sait que la mère de Constance chante à l'opéra où mon père est directeur musical.

Papa répond quelque chose que je ne comprends pas.

– Super, dis-lui que notre fils voudrait la rencontrer. Une fois par semaine, si c'est suffisant.

– Mais je n'ai pas envie de la voir ! je m'écrie.

– Bon, pour moi, c'est une affaire entendue. Et soyez gentils avec… comment tu t'appelles déjà ?

– Pisseux, dit Pisseux.

– Ah, bien, dit Maman, tout sourire. Je peux te proposer quelque chose ?

– Une bière et un joint, répond Pisseux avec un sourire en coin.

Maman rit et lui dit avec une petite tape sur l'épaule :

– Je vais aller te chercher un coca et un cendrier, mais faut pas exagérer !

Mes parents sont probablement les seuls à considérer comme signe d'une éducation réussie le fait que leur garçon de quatorze ans connaisse le goût de la bière et ait déjà tiré sur une cigarette. Et à approuver qu'il fréquente des punks comme Pisseux au lieu de l'éjecter et d'alerter ses parents parce que, sous les yeux de quatre ados pubères influençables, voilà que ce type se roule tranquillement un joint dans le jardin alors qu'il n'est encore lui-même qu'un ado pubère.

Anselme, Arthur, Karli et moi le regardons, les bras croisés, s'évertuer avec du tabac, des petites feuilles, un truc brun et un filtre, et nous devinons tous qu'il n'est pas expert en la matière. C'est peut-être même la première fois qu'il s'en roule un et s'il sait à quoi ça ressemble, c'est parce qu'il prend exemple sur son frère. Peut-être même qu'en réalité il ne fume même pas. En tout cas pas en avalant la fumée.

Maman nous apporte quelques cannettes de coca. Elle retire ce truc des mains de Pisseux. Je me dis qu'elle va le lui confisquer parce qu'il est hors de question que des mineurs fument un joint dans son jardin. Mais non, elle le lui roule plus vite qu'elle ne pourrait dire « Pisseux a une case en moins ». Puis elle rentre dans la maison.

Pisseux la suit des yeux d'un air pincé mais il s'allume ensuite ostensiblement la chose et tire quelques bouffées. Nous continuons à déblatérer sur les personnages des séries télévisées quand quelque chose bouge dans les buissons.

Caniche a trouvé un trou dans la haie et il se faufile vers nous. Pisseux pousse des cris en le voyant et en laisse tomber son joint. Nous nous moquons de lui et il se plaint d'être allergique aux chiens et de devoir rentrer vite chez lui. Je crois qu'il a simplement peur des chiens. (Mais il prend le pétard avec lui.)

Caniche nous renifle et se couche ensuite entre Anselme et Karli qui le gratouillent avec enthousiasme. Puis Arthur et Anselme finissent par s'en aller. L'un des nombreux frères d'Arthur fête son anniversaire et la grand-mère d'Anselme est justement en visite. Karli joue encore avec Caniche.

Je surfe sur le Net avec son smartphone, un œil toujours braqué sur la maison au cas où mes parents sortiraient. Ils me retireraient alors un peu de mon temps sur Internet.

– Pourquoi le prénom Edvard ? demande-t-elle.

– Tu sais bien. À cause de Grieg. Eh oui, et aussi de Munch.

– À cause de celui-là aussi ? dit Karli en riant.

– Mon père apprécie la musique de Grieg et ma mère les tableaux de Munch. Ils m'ont dit qu'ils voulaient me laisser aussi un peu d'eux dans mon prénom.

– C'est sympa.

Elle lance un petit bâton. Caniche fonce dans un buisson pour le rechercher.

– Et maintenant, tu es un as en musique et tu peins comme un dieu ?

– Je suis incapable de me souvenir d'un air et mon père a failli se retrouver à l'asile pour avoir voulu m'expliquer la différence entre une quarte et une quinte. Quant à la peinture, je n'arrive même pas à tracer un trait droit.

– Essaie l'art moderne, peut-être. Tu pourrais jeter des pots de peinture sur une toile, propose Karli.

– Je raterais la cible. Et toi, pourquoi tu t'appelles Karl… euh, je veux dire Karla ?

– À cause de mon grand-père, dit-elle simplement. Tu as un deuxième prénom ?

– Et un troisième aussi.

– Dis-les-moi !

– Non, ça me gêne.

– Moi, c'est Brunhild.

– Arrête !

– Ma grand-mère s'appelait Brunhild.

– La femme de Karl ?

– Non, l'autre grand-mère. Maintenant, à toi !

– OK. En entier, je m'appelle Edvard Gregory Walter de Vigny.

– Eh bien, ça t'a fait beaucoup à épeler à l'école, dit Karli. Et pourquoi Gregory ?

– Gregory Walter Graffin. C'est le nom du chanteur de Bad Religion, mais tout le monde dit Greg.

– Et c'est pour ça que ta mère aime te voir traîner avec Pisseux afin de faire ressortir le punk en toi alors que tu ne sais ni peindre ni faire de la musique ?

Je hausse les épaules.

– Les parents, quoi !

– Ils voulaient peut-être aussi que tu te spécialises dans la biologie de l'évolution… dit une voix sortie de la haie.

Nous sursautons tous les deux. Caniche ressort enfin du buisson avec son bâtonnet et remue la queue en frôlant la haie.

– Monsieur Tannenbaum ? je fais d'une voix mal assurée.

– Caniche est-il avec vous ? me demande la haie.

– Nous allons vous le renvoyer, dis-je en agrippant le collier de Caniche.

J'essaie avec Karli de repousser le chien dans le trou de la haie.

– Pourquoi la biologie de l'évolution ? je demande, intéressé malgré moi.

– Le chanteur de Bad Religion. Il a un doctorat en biologie de l'évolution. Tu ne le savais pas ?

– C'est pas possible, c'est le chanteur d'un groupe punk !

– Oui.

Karli se tord de rire.

– T'es bon en bio, au moins ?

Je secoue la tête.

– Ça risque pas…

– Et qu'est-ce qui t'intéresse ? Pour l'instant, je sais seulement ce qui se trouve sur ta liste noire.

Je voudrais bien le lui dire, mais le vieux Tannenbaum est en train d'écouter.

– Comment savez-vous qu'il était biologiste de l'évolution ? je lui demande.

– Ah, je le connais depuis longtemps, répond Tannenbaum.

Du coup, je me sens obligé de le cuisiner. Nous atterrissons finalement dans son salon rempli de vieux meubles et il nous raconte qu'il a enseigné à Harvard et qu'il y a alors rencontré par hasard Greg Graffin dans les années quatre-vingt-dix. Ils s'envoient des mails de temps à autre ! Et c'est là que je réalise que Tannenbaum est *le* Tannenbaum qui a écrit mon livre préféré. C'est mon voisin qui a écrit *Étoiles* !

Karli me demande encore mes matières préférées et le vieux Tannenbaum insiste aussi pour le savoir. Ils m'énervent tellement que je finis par dire :

– OK, pour que vous me laissiez tranquille : la physique. En fait, l'astrophysique. Je veux travailler plus tard dans un observatoire. Pour découvrir des naines blanches et faire des calculs sur les géantes rouges et les trous noirs. Je veux qu'une comète porte mon nom, mais je n'y arriverai jamais parce que je ne comprends même pas ce qu'on cherche à nous apprendre à l'école. Donc, après le bac, si jamais je l'obtiens, j'étudierai je ne sais quelle merde insipide ou je ferai un apprentissage barbant et je m'ennuierai à mort le reste de ma vie. Et les filles comme Constance s'intéresseront encore moins à moi, si jamais c'est possible.

Karli et M. Tannenbaum me regardent avec des grands yeux.

– Tu veux que je t'aide ? finit par demander Tannenbaum. Je peux te donner des cours particuliers.

– Je suis un cas désespéré, je réponds.

– Je peux t'aider aussi, ajoute Karli.

– Tu t'y connais en physique ?

– Non, je veux dire… pour autre chose. Pour Constance.

Je suis bien obligé de sourire un peu.

– Merci, leur dis-je à tous les deux.

Jeudi 8 septembre, 18 h 32

M. Tannenbaum m'aide en physique, en math, en chimie et même en bio. Si je l'avais su plus tôt ! J'y prends presque plaisir. En tout cas, il explique tout beaucoup mieux que les profs au collège. Par exemple, j'ai appris comment fonctionnent les toilettes sèches et pourquoi c'est quelque chose de formidable.

Maman m'a déclaré tout de suite :

– Tu vois, Edvard, nous t'avons toujours dit que tu n'étais pas bête et que tu avais simplement pris un mauvais départ.

– Et comment se fait-il que vous n'ayez pas pensé à me faire donner des cours particuliers ?

– Nous ne voulions pas te mettre la pression. Personne n'est obligé d'avoir de très bonnes notes partout. Tu ne dois pas grandir avec l'idée qu'un homme n'a de valeur que quand il est performant.

– Euh… pardon ? Je veux être astrophysicien plus tard et inventer la téléportation ! Des bonnes notes, ça m'aiderait, sinon je peux faire une croix sur mon projet !

– Ce ne sont pas les physiciens des particules qui s'occupent de la téléportation ? demande Papa.

– Bah, à ton âge, je voulais être infirmière, dit Maman. Ce genre de chose évolue en permanence.

– Tu voulais être infirmière ? s'étonne Papa.

– Oui, avant de comprendre que c'était encore une de ces professions sous-payées, réservées aux femmes. Et que je soutiendrais ainsi un système qui doit être aboli.

Encore une fois, je ne pige pas un mot de tout ça et je me retire dans ma chambre.

En ouvrant la page souvenir de Jason, je vois qu'elle a maintenant reçu plus de 30 000 *J'aime*. Je me déconnecte aussitôt.

Dimanche 11 septembre, 19 h 52

J'ai tellement de choses à faire que je n'ai plus le temps d'écrire. C'est super. Tannenbaum m'emmène avec lui à l'observatoire, nous visitons des musées d'histoire naturelle, faisons des expériences chez lui. Karli et Anselme nous rejoignent parfois bien qu'ils aient des bonnes notes partout.

Arthur est le seul à faire la grimace. Tout ça ne l'intéresse pas du tout et il se sent négligé. Nous avons donc organisé un après-midi-ciné *Star Trek*… avec des déguisements. J'avais un uniforme super cool de premier officier, Arthur est venu en Klingon (pas vraiment convaincant avec sa perruque à cheveux longs, un T-shirt *heavy metal* et un pantalon en cuir trop étroit), Anselme était l'androïde Data, et Karli une Vulcanienne. Pisseux a encore joué les invités surprises, il est arrivé avec une épée laser. Il a mis un peu de temps à comprendre qu'il était dans le mauvais film. Après avoir visionné trois épisodes à la suite, Arthur avait retrouvé sa bonne humeur.

J'attends mardi avec impatience, nous allons faire le premier contrôle de maths de l'année. Je m'arrête là. Je vais charger quelques exos sur les formules binomiales.

(Pour info : hier, Constance m'a demandé à la récré si Karli était mon amie. J'ai juste haussé les épaules et elle m'a regardé bizarrement. Je crois qu'elle est un peu jalouse.)

Jeudi 15 septembre, 16 h 21

Mon premier 18 en maths ! Avec Tannenbaum comme prof particulier, j'obtiendrai le bac avec une moyenne de 18 !!! Et alors, j'aurai une bourse et j'irai aux USA et j'étudierai à Harvard et là-bas j'aurai une tout autre vie sans Henk et peut-être que Constance tombera amoureuse de moi parce que j'aurai réussi et que je serai cool !!!

Je suis sauvé !!!

Samedi 17 septembre, 22 h 56

Je suis foutu. Tannenbaum s'en va. Ma vie est finie !

OK. Commençons par le début. Jeudi, j'ai montré mon contrôle de maths à Tannenbaum et je l'ai déjà trouvé un peu bizarre. Bien sûr, il était content et tout ça, mais il a dit aussi des choses étranges comme : « Ne doute pas que tu as réussi ça tout seul. » Et : « Tu sais que tu y arriveras aussi sans moi, n'est-ce pas, Edvard ? » Je n'y ai vu que quelques phrases de motivation, comme mes parents en lâchent toujours. Mais aujourd'hui, je suis allé le voir parce que nous voulions faire des expériences sur la tension électrique. Maintenant, j'entre par la porte de la cuisine et je n'ai plus besoin de sonner. J'entre donc dans la cuisine, tapote un peu Caniche, et dans le couloir, j'entends Tannenbaum hurler dans le téléphone. En me voyant, il s'arrête de brailler, regarde l'écouteur dans sa main et le repose brusquement.

– Je suis désolé, Edvard, dit-il. Mais il semble que je vais devoir partir d'ici.

Je ne pige pas tout de suite.

– Comment ça, partir ? Vous devez rendre visite à quelqu'un ? Ou vous partez quelque part en déplacement ?

Il me dit qu'il doit dégager de sa maison. Qu'elle n'est pas à lui.

– Mais c'est votre maison, je réplique.

– Non, je n'en suis pas propriétaire. Je paye un loyer.

– À qui ? C'est votre grand-père qui l'a construite ! Elle appartient donc à votre famille !

Je le bombarde de questions. Je veux savoir.

L'histoire de l'ex-professeur Daniel Tannenbaum

Voilà : Tannenbaum est vraiment né dans cette maison. Au début des années cinquante. Ses parents venaient de la réintégrer et ils en étaient très heureux. Les grands-parents de Tannenbaum étaient en fait des juifs et ils avaient dû ficher le camp. À leur retour après la guerre avec leur fils (le papa de Tannenbaum), ils avaient mis tout en œuvre pour récupérer leur maison, qu'on leur avait confisquée. Dans les années soixante-dix, Tannenbaum est parti faire des études en Amérique et il y est resté vingt-cinq ans. Il a alors écrit quelques livres, parmi lesquels *Étoiles* que je trouve vraiment formidable et qui est encore aujourd'hui une « œuvre standard », comme il dit. Tout marchait bien pour lui. Puis ses parents sont morts tragiquement. Sa mère d'abord est tombée gravement malade puis, peu de temps après, son père a eu un accident. Tannenbaum en a été bouleversé. Ça n'allait pas très bien en Amérique, sa femme avait demandé le divorce et il avait des tas d'ennuis avec un collègue qui l'avait plus ou moins plagié et qui avait publié un article qui a rencontré ensuite un succès mondial chez les spécialistes. Tannenbaum a porté plainte contre ce salaud, puis il est passé devant le tribunal. Mais le juge a déclaré qu'il était difficile de savoir qui avait d'abord écrit ou fait la découverte et, après une merde pareille, Tannenbaum en avait ras le bol, il a pris le premier avion et il a réintégré la maison de ses parents même s'il n'y avait là plus personne de sa famille. C'était il y a quinze ans à peu près. Avec le divorce et le procès et tout ça, il n'avait plus d'argent. Mais il n'avait plus envie non plus d'enseigner. Il a vendu la maison à un vieil homme qu'il trouvait sympathique et qui comprenait parfaitement sa situation. Le type le laissa habiter dans la maison pour un loyer convenable en lui promettant qu'il pourrait y rester toute sa vie.

Tannenbaum a trouvé cette solution excellente. Il pouvait lire, regarder les étoiles et passer son temps libre à faire des recherches et à réactualiser ses connaissances. Pour gagner de l'argent, il faisait des visites guidées à l'observatoire et collaborait à la rédaction de manuels scolaires. Il donnait aussi des cours de formation continue mais « sous un nom d'emprunt », comme il me l'a précisé.

Voilà. Et maintenant le gentil vieux monsieur qui lui avait acheté la maison est mort il y a quelques semaines. Sa fille prétend ignorer la promesse de son père. Elle parle de besoins personnels et elle lui a demandé de partir, mais Tannenbaum refuse. Malheureusement, il n'a pas de preuve écrite parce qu'il s'est fié à la parole du vieil homme. Il dit aussi qu'il est bien possible qu'il y ait une trace écrite mais qu'après tant d'années il n'a aucune idée de l'endroit où pourrait se trouver ce papelard, qu'il a dû probablement le balancer un jour avec d'autres.

En tout cas, il aurait déjà dû vider les lieux à la fin du mois d'août. Il a obtenu un délai jusqu'à la fin du mois, c'est-à-dire jusqu'au vendredi 30.

– Mais vous pouvez quand même vous prendre un logement pas loin d'ici ?

Tannenbaum secoue la tête.

– Non, Edvard, c'est ici mon chez-moi. Mais si je ne peux plus y vivre, alors je partirai très loin parce que ça me ferait trop mal de voir ma maison tous les jours. Et qui sait ? Peut-être que cette femme va même la faire raser ou en faire quelque chose d'horrible.

Ma gorge se serre.

– Elle a le droit de faire ça ?

– C'est sa maison.

– Mais vous ne pouvez pas partir maintenant ! je dis. Qu'est-ce... qu'est-ce que je vais devenir, moi ?

– Edvard, tu as découvert ces derniers temps que tu as des tas de possibilités. Tu n'as pas besoin de moi. D'autre part, il y a d'autres profs particuliers qui feront ça certainement mieux que moi.

Je le regarde en faisant non de la tête.

– Mais je vous aime bien, dis-je, surpris moi-même par cette déclaration. Avec vous, je ne me sens pas aussi décalé qu'avec la plupart des gens.

Tannenbaum se frotte le visage et soupire.

– Je préférerais aussi rester ici, Edvard, mais je ne vois pas comment c'est possible.

Dimanche 18 septembre, 12 h 12

Ma vie est finie. Juste au moment où je pensais que tout irait mieux. Je suis vidé.

Et Constance ne m'aime pas. J'ai regardé son profil Facebook, elle n'écrit que sur Jason. J'ai pourtant cru un moment qu'elle me trouvait sympa et je m'imaginais qu'elle était jalouse de Karli. Mais bien sûr, aucune fille ne peut être jalouse de Karli, parce qu'elle ressemble à un garçon et qu'elle se comporte comme un garçon.

Et Henk me semble mijoter quelque chose. Il ne poste plus rien sur Facebook, il m'évite au collège et tout est devenu si bizarrement calme autour de lui que ça me rend méfiant...

Et je peux aussi tirer un trait sur ma carrière d'astrophysicien. Que vais-je pouvoir faire sans Tannenbaum ? Je ne comprends les choses que quand c'est lui qui me les explique. Vingt mille profs avant lui n'y sont pas arrivés.

Et la page souvenir de Jason a maintenant 70 000 fans.

Si on découvre que je me trouve là-dessous, je suis foutu.

Je ne veux plus vivre. Je veux dire : à quoi bon ?

Dimanche 18 septembre, 12 h 27

Oh, Arthur vient juste de poster qu'il va y avoir une convention *Star Trek* en ville et qu'il a déjà réservé des billets pour nous tous. Et même pour Pisseux. Il les a gratos parce que son père est chargé du *catering* là-bas.

Dimanche 18 septembre, 16 h 35

Mes parents ont été chamboulés quand je leur ai parlé de Tannenbaum.

– Et on ne peut vraiment rien faire ? me demande Papa. Il a déjà épuisé tous les recours possibles ?

– Euh, bon, il en a parlé à un avocat, si tu penses à ça.

– Tous des incapables ! s'écrie Maman.

– En tout cas, demande-lui de dédicacer ton livre avant qu'il déménage, me conseille Papa. C'est maintenant ou jamais.

– Cette femme ne veut pas récupérer sa maison pour son usage personnel, analyse Maman. Elle veut peut-être la diviser en appartements afin d'encaisser plus de loyers. Ou bien, elle veut la détruire et mettre à la place un ensemble immobilier, avec un parking souterrain et une piscine dans le jardin. Le jardin est assez grand, n'est-ce pas ? Qu'est-ce qu'on parie ?

– Et où va-t-il aller maintenant, M. Tannenbaum ? je demande. Il a tellement de meubles et de livres et d'autres trucs, et il dit qu'il ne veut rien jeter parce que ce sont des souvenirs.

– On peut mettre tout ça au garde-meuble pour un prix raisonnable, dit Papa. Le self stockage s'est développé. Tous ceux qui n'ont pas assez de place dans leur cave y recourent.

– À sa place, je resterais dans la maison, remarque Maman.

– Ce n'est pas possible, dis-je. Tu ne m'as pas écouté ? Elle le met dehors !

– Ah, eh bien qu'elle essaye donc !

– Mais elle a résilié son bail !

– Et s'il ne part pas ? objecte Maman.

– Aucune idée. Elle va appeler la police ?

– Et qu'est-ce qu'ils vont pouvoir faire ? L'expulser ?

Je hausse les épaules.

– Oui, sinon quoi ?

– Il n'a qu'à pas ouvrir la porte. L'affaire passera au tribunal, ça va prendre des mois et qui sait ce qui arrivera entre-temps.

Ma mère m'étonne une fois de plus.

– Tu ne crois pas qu'ils vont simplement enfoncer la porte ?

– Edvard, est-ce que tu sais combien de maisons nous avons squattées, ton père et moi, quand nous étions encore étudiants ? D'ici à ce que quelqu'un enfonce la porte et sorte tout dehors, ça prend du temps.

– Vous avez squatté des maisons ?

Ils me réservent toujours des surprises, tous les deux.

– Ta mère a conçu des affiches formidables, dit Papa. Avec des textes accrocheurs expliquant pourquoi nous squattions.

– Pourquoi vous squattiez des maisons ? je demande, la tête en ébullition.

– Les propriétaires voulaient rénover luxueusement les anciens immeubles afin de toucher de meilleurs loyers. Du coup, ils expulsaient les gens qui y habitaient et qui n'auraient plus eu ensuite les moyens de rester. Ou bien les maisons devaient être détruites et remplacées par des grands immeubles. Tout ça n'est qu'une question d'argent.

Maman se met les mains sur les hanches, signe annonciateur d'un long, très long exposé. Normalement, Papa et moi nous installons confortablement et nous nous mettons en mode off. Mais cette fois, je ne me mets pas en mode off. Exceptionnellement, je ne perds pas une miette de tout ce qu'elle raconte. Et je décide alors de dépasser en douce mon temps d'utilisation de l'ordinateur pour m'informer en détail sur les occupations de maisons.

Dimanche 18 septembre, 21 h 23

Nous avons tellement de draps, mes parents ne remarqueront certainement pas qu'il leur en manque un. J'ai appelé Pisseux. Il doit m'apporter une des bombes de peinture que son frère utilise pour écrire dans la cour de récré des trucs comme : « Les profs dehors ! Le lycée est à nous ! »

Maintenant, nous écrivons sur le drap « CETTE MAISON EST OCCUPÉE » et nous le suspendons au balcon de M. Tannenbaum. Malheureusement le M de Pisseux ressemble à un R, mais dans le contexte on comprendra bien de quoi il s'agit. En tout cas, M. Tannenbaum se tient à côté et regarde tout ça, terriblement ému. Je crois qu'il pleure même un peu. Et puis il dit :

– Les gars, que diriez-vous d'une salade de pommes de terre avec des petites saucisses, histoire d'inaugurer l'occupation de la maison ?

Nous nous empressons d'appeler Arthur et Karli. Naturellement, Anselme se pointe aussi, et même avant les deux autres. Peu après, c'est au tour de Maman qui a tout de suite compris ce qui se passait. Elle apporte avec elle des sacs de couchage, des tapis de sol et des couvertures.

– S'il faut le faire, autant le faire bien, dit-elle.

M. Tannenbaum est un peu surpris. Surtout quand elle annonce qu'elle va participer à l'action et dormir aussi sur place.

Quand je lui parle de Papa, elle ne fait que marmonner quelque chose comme « petit bourge intello du milieu culturel » en prenant un air que je connais déjà. Celui qui signifie « Ne m'en parle pas ! ».

La page souvenir de Jason a maintenant 80 000 fans.

Lundi 19 septembre, 20h19

Maman a dit qu'elle resterait en faction pendant que nous serions au collège. C'est ce qu'elle a fait. Elle a tout de même peut-être un peu exagéré… En tout cas, quand je suis revenu avec Karli, Pisseux, Arthur et Anselme, des draps pleins de slogans pendaient à toutes les fenêtres.

Tout le monde a le droit de passer la nuit chez M.Tannenbaum, sauf Anselme qui doit être rentré chez lui tous les soirs avant 9 heures. En fait, pas plus tard que 8 heures, mais il a réussi à persuader ses parents du bien-fondé de notre entreprise et ils lui ont accordé une heure de plus. Il leur a certainement dit : « C'est un terrain de recherche important aussi bien pour mon développement personnel que politique, une expérience qui ne se reproduira pas de sitôt. C'est pourquoi je vous serais très reconnaissant de me laisser y prendre part le plus possible. » Je ne veux pas savoir comment ils se parlent là-bas. Peut-être même dit-il « vous » à ses parents ! ? (Monsieur mon père, pourriez-vous s'il vous plaît me passer le sel ?…)

En tout cas, Maman a donné un coup de bombe sur tous les draps : « UNE MAISON APPARTIENT À CELUI QUI Y HABITE », « LE CAPITALISME FAIT DES SDF », « OCCUPER AU LIEU DE POSSÉDER », et « NOUS RESTONS ! ÉVACUATION = ÉMEUTE ! »

Devant ce dernier slogan, elle se tient toute droite et elle se gratte la tête.

– Ça va peut-être un peu trop loin, dit-elle.

– Pourquoi ? je demande.

– Eh bien, vous n'êtes pas encore majeurs. Je ne veux pas vous amener à penser des bêtises.

Elle retire le drap et le retourne. Puis elle écrit à la bombe un grand A avec un cercle autour.

– Waouh ! Anarchie, je dis. Tu connais ça ?

– Je l'ai inventé, affirme-t-elle.

Elle me montre le drap.

– Ça me paraît un peu vide, dit-elle.

– Écris donc quelque chose avec TANNENBAUM, comme ça tu auras deux A que tu pourras entourer d'un cercle, je lui fais remarquer.

Elle le fait et dit :

– Edvard, tu tiens ça de moi. Nous ferions mieux de ne pas te montrer tous nos pavés.

– Des pavés ? je demande.

– Tu sais, quand autrefois nous… Ah, oublie ça ! dit-elle.

Tannenbaum m'apprend que quand nous étions au collège un camion de déménagement est passé pour prendre ses affaires. Mais quand les déménageurs ont vu les draps (et naturellement Maman qui se tenait à la porte en les regardant d'un œil mauvais comme elle sait si bien le faire), ils ont accéléré et sont partis voir ailleurs.

Maman dit qu'elle doit retourner à la galerie demain, mais elle me montre un certificat médical pour le collège.

– Je passerai le porter demain matin à la vie scolaire, dit-elle.

Je n'en reviens pas ! Je vais pouvoir rester toute une semaine chez Tannenbaum et je ne devrai même pas aller au collège, rien que pour occuper sa maison ! L'occupation des maisons est un job tout ce qu'il y a de plus cool ! Trop cool ! Je ne sais pas pourquoi tout le monde s'énerve quand on squatte des maisons. Il n'y a vraiment pas de quoi.

Mardi 20 septembre, 14 h 52

Raton, le frère de Pisseux, est passé avec deux potes à lui. Ils disent qu'ils ont séché les cours et qu'ils avaient entendu dire qu'on pouvait rester à la cool ici.

Quand ils se pointent, je suis assis avec M. Tannenbaum dans la pièce pleine de livres. Il est en train de me montrer de vieilles cartes du ciel. Il ouvre d'abord de grands yeux au vu de leur allure. Ils ont déjà dix-sept ans et arborent des coiffures bizarres, des vestes de cuir et des jeans déchirés. Eh ben oui, on dirait des punks. Raton, le frère de Pisseux, a même un rat avec lui, mais il est apprivoisé et il réagit à son nom. C'est du moins ce que Pisseux raconte.

– Pourquoi séchez-vous les cours ? demande M. Tannenbaum.

– Maths, répond Raton en levant les yeux au plafond. On peut fumer ici ?

– Balcon, répond Tannenbaum en leur montrant le chemin.

Caniche les suit.

Une demi-heure plus tard, le cours particulier est terminé. (Nous avons déjà fait de la chimie, des maths et de la physique toute la matinée, et la dernière heure a été consacrée à un peu d'astronomie, rien que pour moi, pas pour l'école.) Je traverse la rue pour prendre une photo de la maison de Tannenbaum. Si on me laisse un jour écrire un article pour le journal du collège (même si le cousin de Henk fait partie de la rédaction), j'aurai tout de suite un sujet et même une photo. La photo sera même vraiment bien, on y voit tous les draps, et Raton et les autres qui se la coulent douce sur le balcon. Quand ils me voient photographier, ils prennent aussitôt la pose. Je fais au moins vingt photos. Sur quelques-unes, ils tiennent Caniche par-dessus la balustrade, comme Michael Jackson l'avait fait un jour avec son bébé.

Mme Hermsdorf, qui habite la maison voisine, s'approche de la clôture du jardin et dit :

– Edvard, que se passe-t-il chez ce drôle d'homme là-bas en face ? Ces types sont-ils en train de l'agresser ?

Je réponds :

– Non, ils l'aident seulement à occuper la maison pour qu'il ne soit pas obligé de déménager.

– Mais pourquoi doit-il déménager ? demande la vieille pie curieuse. (C'est Papa qui l'appelle toujours comme ça.)

– Demandez-le-lui, je dis pour couper court.

– Il se passe de drôles de choses là-bas, avec tous ces vandales ! s'énerve-t-elle.

Raton et les deux autres l'ont en effet aperçue et ils font du barouf. Nous n'entendons pas très bien ce qu'ils crient, quelque chose comme « Mémé, go home ! », ce qui est déjà nettement suffisant pour Mme Hermsdorf. De plus, il y en a un qui n'arrête pas de siffler et elle ne trouve pas ça drôle du tout.

– Je vais appeler la police ! crie-t-elle en serrant les poings. Mais oui, la police !

Puis elle rentre dans sa maison en se dandinant. Raton et ses copains se tordent de rire et hurlent :

– Les flics arrivent ! Les flics arrivent !

Je rejoins Tannenbaum qui prépare le déjeuner. Il fait une énorme marmite de soupe aux lentilles et annonce :

– Il faudra faire les courses après, je n'ai pas l'habitude d'avoir autant d'invités.

Tout sourire, il donne l'impression d'être super heureux. Et moi qui pensais que c'était un solitaire qui ne voulait avoir affaire à personne. Je le lui dis.

– Tu sais, Edvard, parfois on ignore soi-même ce qui peut vous faire du bien ou non, se contente-t-il de répliquer.

Puis il appelle Raton et lui demande d'aller faire les courses dans le supermarché voisin : des saucisses pour vingt personnes.

– Qui sait qui pourrait encore venir ? dit Tannenbaum d'un ton joyeux.

Raton est sur le point de partir quand Tannenbaum le rappelle et lui dresse une longue liste de tout ce qu'il lui faut.

– Tout ça ? s'étonne Raton.

Tannenbaum hausse les épaules.

– Vous allez bien rester encore un moment ?

– Euh, bien sûr, si on peut… dit Raton.

Il paraît presque intimidé.

– Tu peux emmener tes copains. Edvard et moi, nous saurons bien occuper la maison.

Tannenbaum lui donne de l'argent et Raton file avec ses potes.

J'aide à mettre la table. Anselme, Arthur et Karli ne tardent pas à se pointer. Pisseux aussi.

Mardi 20 septembre, 16 h 11

Apparemment, la vieille pie curieuse a vraiment appelé la police. Une voiture est déjà passée deux fois devant la maison mais personne n'est encore venu nous voir.

Mardi 20 septembre, 18 h 42

Il faut que je fasse quelque chose. Dans la nuit, la page Facebook de Jason a encore obtenu le double de fans. Je ne sais pas du tout comment ça a pu se passer. Ils sont plus de 150 000 à avoir cliqué sur *J'aime* et à être révoltés qu'un garçon aussi gentil que Jason (ah, ah, gentil, tu parles !), qui avait encore toute la vie devant lui (quelle vie, hein ?), ait pu être victime d'une si grave erreur médicale. Ils veulent tous savoir quel est l'hôpital responsable et où Jason a été enterré afin de pouvoir se rendre en pèlerinage sur sa tombe. D'autre part, j'ai reçu (enfin, James a reçu) un tas de messages d'avocats proposant de prendre l'affaire en charge sans frais pour la famille. Toutes sortes de journalistes ont ajouté leurs commentaires.

Constance a aussi écrit un millier de fois pour dire combien Jason lui manquait et demander à James un souvenir.

Je vais peut-être lui envoyer quelque chose à moi et lui dire que c'était à Jason...

En tout cas, il faut que je fasse quelque chose. (Bon, oui... James. James doit faire quelque chose. Mince, voilà que je m'embrouille maintenant.)

Mais j'y pense... Si je ne vais pas au collège pendant une semaine, je ne verrai pas non plus Constance de toute la semaine. Au moins, j'ai Facebook et je pourrai toujours vérifier ce qu'elle fait. C'est presque comme la voir en vrai. De toute façon, en vrai, elle ne me parle pas.

Mardi 20 septembre, 18 h 59

Je pourrais écrire à Constance. Je veux dire, James pourrait écrire à Constance. Elle répondra alors et ce serait un peu comme si elle me répondait. Bien qu'elle répondrait à James. Mais il n'existe pas, de sorte que c'est à moi qu'elle répondrait. Ce qu'elle ignore. Car si elle le savait, elle ne répondrait pas. Je veux dire… à James. Donc, si elle savait que je suis James, elle ne répondrait pas à James parce qu'elle saurait que je suis James.

Sûr.

Je vais tout de même lui écrire maintenant.

Mais quoi ?

Mardi 20 septembre, 22 h 07

J'ai fait une méchante erreur.

Pisseux a appelé son frère Ralf, ce qu'il n'a pas trouvé drôle du tout, et Ralf, c'est-à-dire Raton, a appelé son frère, c'est-à-dire Pisseux, Peter. Je ne savais même pas que Pisseux s'appelait Peter. Même les profs l'appellent Pisseux. C'est drôle de penser que Pisseux et Raton ont des noms normaux. Je cherche tout le temps à imaginer comment ils étaient en petits garçons normaux avec des cheveux normaux, mais je n'y arrive pas. Même en les appelant Peter et Ralf.

En tout cas, comme je n'ai pas arrêté de les appeler en pensée Peter et Ralf, c'est aussi avec ces noms-là que je les ai abordés. C'était au dîner. (M. Tannenbaum a fait une pizza pour tout le monde… Je veux dire : vraiment faite, avec de la pâte et tout.) Mes parents étaient là (tous les deux), ceux d'Anselme aussi parce qu'ils venaient le chercher, ils ont dit. En fait, ils voulaient juste vérifier ce qui se passe ici. Anselme était atrocement gêné, il est devenu cramoisi. En fait, pas vraiment – son visage s'est juste marbré de bizarres taches rouge foncé. C'était plutôt drôle à voir. Les parents d'Arthur ne s'intéressent pas tant que ça à ce que fait leur fils. Il dit toujours qu'ils ne remarquent peut-être même pas son absence. Je me demande si Peter et Ralf ont des parents. Bien sûr, ils doivent en avoir, mais... peut-être que leurs parents sont comme eux ou qu'ils sont morts il y a quelques années, et Ralf et Peter doivent maintenant se débrouiller tout seuls. J'ai du mal à imaginer des parents auprès d'eux, comme je peine à imaginer qu'ils ont été autrefois des petits garçons normaux.

Où en étais-je ? Ah oui. Au dîner ! J'ai oublié d'évoquer Karli. Ses parents sont en voyage d'affaires ; du coup, elle vit chez sa tante, et celle-ci trouve très bien qu'elle soit chez M. Tannenbaum.

Nous voilà donc à table et je lance à Pisseux :

– Eh, Peter, passe-moi voir le ketchup quand Ralf n'en aura plus besoin.

L'erreur de ma vie. Personne ne m'a jamais regardé aussi méchamment que ces deux-là. Même pas Constance quand je lui ai demandé pourquoi elle ne me voulait pas comme ami sur Facebook.

– Pourquoi tu t'appelles Edvard, au fait ? me demande Raton quand nous nous replions dans le salon avec le dessert et sans les adultes. Je veux dire : Edvard, qu'est-ce que c'est que ce nom de merde ! Si au moins tes vieux l'avaient écrit avec un w au lieu d'un v, tu t'appellerais comme le vampire et ça serait cool. Mais Edvard ?

Raton rit et ses deux potes, qui s'appellent Noffi et Boulet, font de même.

– Edvard avec un v, énonce Karli d'une voix forte et claire, c'est le prénom d'artistes célèbres. Edvard Munch, par exemple, le peintre. Ou Edvard Grieg, le compositeur. Mais naturellement, ça ne vous dit rien.

Elle lève un sourcil, fusille Raton du regard et continue à manger. J'ai un peu peur qu'elle ne fasse comme avec Henk et que ça me retombe dessus.

– C'est bien ce que je disais, pas cool du tout, finit par rétorquer doucement Raton.

J'espère que Karli ne l'a pas entendu. Mais pas de chance.

– De son nom complet, il s'appelle Edvard Gregory Walter de Vigny. Et maintenant, devinez un peu, vous les super-cerveaux, pourquoi Gregory Walter.

Boulet et Noffi n'ont sans doute pas bien capté, ils cherchent à trouver comme s'ils étaient à « Qui veut gagner des millions ? ».

– Un peintre aussi ?

– Non, peut-être dans la politique ?

– Sport ? Musique ? Littérature ?

– Donne-nous un indice !

Karli dit :

– Vous étiez tout près avec la musique.

Noffi crie :

– Rock'n'roll ! Rockabilly ! Blues ! Jazz ! Dis stop si j'ai trouvé !

– Encore, encore ! dit Karli.

– Heavy Metal ! Glam Rock ! R & B ! Pop ! Musical ! Opéra ! crient Noffi et Boulet comme des fous.

Raton et Pisseux se prennent la tête.

Karli aide un peu mais ça dure une éternité avant que quelqu'un ne crie : « Chanteur de Bad Religion ! »

Mais ils ne savent même plus pourquoi ils devaient trouver ça. Karli leur rafraîchit la mémoire.

Depuis, ces trois punks de merde chantent un air de Bad Religion à chaque fois qu'ils me voient !

Heureusement que je ne partage pas la même chambre qu'eux.

La maison est vraiment grande, il y a une chambre pour Arthur et moi, une pour Karli. Pisseux roupille avec son frère et les autres dans le salon.

Mercredi 21 septembre, 10 h

J'ai écrit à Constance :

Chère Constance, merci pour tes nombreux messages. Excuse-moi de ne pas t'avoir répondu plus tôt mais c'était une période vraiment fatigante et il y avait beaucoup de choses à faire. Naturellement, j'ai souvent pensé à toi. (Je n'étais pas tout à fait sûr de cette phrase, mais je l'ai finalement laissée, me disant qu'il devait y avoir un peu de vrai.) *Nous avons pris congé de Jason en cercle restreint et nous en resterons très tristes encore très longtemps. Je suis impressionné par le nombre de personnes qui pensent à lui grâce à ta page Facebook. Mais il faut que tu saches que nous ne voulons pas nous venger des médecins. Ils ont certainement fait de leur mieux. Nous leur avons pardonné. Je te remercie de ton amitié ! James*

Elle l'a copiée deux minutes plus tard et l'a mise sur la page. Voilà pour le « message privé ». Quand ils sauront tous que la famille de Jason est relax, tout ce cinéma se terminera peut-être enfin.

Au fait, comment a-t-elle le temps de lire ses messages Facebook pendant les cours ? Quand je lui ai écrit un SMS, elle n'a jamais répondu tout de suite !

Mercredi 21 septembre, 11 h 02

Raton, Noffi et Boulet sont assis avec Tannenbaum dans la cuisine et ils parlent des fonctions polynomiales (?) comme s'ils n'avaient rien d'autre à faire.

Mercredi 21 septembre, 11 h 38

La police est là ! Les flics discutent avec Tannenbaum. Il ne les laisse pas entrer dans la maison, ils sont dehors dans le jardin.

Mercredi 21 septembre, 11 h 40

Tannenbaum a claqué la porte au nez des flics. Raton, Noffi et Boulet sont sur le balcon en train d'applaudir. Les flics ont l'air plutôt énervés ☺.

Jason a maintenant plus de 200 000 fans sur Facebook.

Mercredi 21 septembre, 22 h 42

OMD ! Je ne pourrai plus jamais – PLUS JAMAIS – sortir de la maison. En fait, je ne pourrai plus jamais sortir de cette chambre. Je vais peut-être m'enfermer dans la salle de bains et attendre de mourir de faim ou d'autre chose. Il s'est passé quelque chose de TERRIBLE !

Je n'ose même pas l'écrire.

Je viens de changer tous les mots de passe de mon blog pour qu'on ne puisse pas le pirater.

Je n'ose tout de même pas me lancer.

Ce n'est peut-être pas une mauvaise idée d'écrire les choses à la main.

Cela dit, quelqu'un pourrait trouver le carnet et le lire encore plus facilement qu'un blog triplement sécurisé avec des mots de passe hyper compliqués.

Je pourrais envoyer un mail au Chaos Computer Club et leur demander s'ils ne veulent pas essayer de pirater mon blog, comme ça je saurais s'il est sécurisé. Mais une fois qu'ils l'auront piraté, ils pourront aussi le lire… C'est trop incertain pour moi.

D'accord. Personne n'a encore jamais piraté mon blog. Et je crois que ce n'est pas près d'arriver. Bien… Reprenons au début.

Ce soir, mes parents se pointent pour dîner avec nous et là – bravo ! –, ils traînent avec eux mon prof principal, Mme Müller-Böhne. Je pense tomber raide mort. Car enfin, tous les autres sont chaque jour au collège mais moi j'ai une dispense de ma mère et là, Mme Müller-Böhne arrive et voit que je ne suis pas malade ? Ça va pas, non ?

Mais Maman prétend que tout va bien, qu'elle a parlé de tout avec Mme Müller-Böhne et qu'elle lui a expliqué la situation. D'après elle, Mme Muller-Böhne est très impressionnée par mon « engagement social ».

– De plus, ce garçon a des cours à domicile tous les jours, renchérit Tannenbaum. Je lui enseigne toutes les matières.

Puis il marmonne tellement doucement que je suis le seul à l'entendre :

– Enfin, presque toutes.

Mme Müller-Böhne ouvre de grands yeux.

– Comment s'en sort-il ? Il est un peu faible en sciences.

Tannenbaum sourit gentiment.

– La physique est sa matière préférée. Et il ne se débrouille pas si mal dans les autres matières, croyez-moi.

– C'est le *fameux* Tannenbaum, murmure Maman à Mme Müller-Böhne.

– Quel Tannenbaum ?

Maman saisit l'un des bouquins que Tannenbaum a écrits (ils sont rangés sur une étagère à part) et elle le colle sous le nez de ma prof.

– Lisez donc ici : « À propos de l'auteur ».

– Oh... fait Mme Müller-Böhne, tout excitée, en souriant à Tannenbaum. Oh... Professeur Tannenbaum, très heureuse de vous rencontrer...

La voilà qui pépie comme une fille du CM2 et qui rougit. Mais pas comme Anselme. Anselme ne chope que des taches rouge foncé. Mme Müller-Böhne devient toute rouge, cou compris. Mais pas aussi foncé qu'Anselme.

Tannenbaum balaie l'air de la main.

– Le principal, c'est que ce garçon y prenne plaisir.

Mme Müller-Böhne me sourit.

– Edvard, s'il en est ainsi, je te sais en de bonnes mains et je pense que nous pouvons oublier que ta mère nous a... disons... un peu blousés ! Mais, madame de Vigny, dites-moi comment les choses vont se passer ici ? Je veux dire : malgré toute mon empathie pour cette magnifique action, Edvard va tout de même bien devoir retourner un jour au collège... n'est-ce pas ?

Elle jette un regard mal assuré vers Maman et Tannenbaum.

Tannenbaum dit :

– Une décision va être prise très bientôt. J'ai téléphoné aujourd'hui à ma propriétaire et elle m'a déclaré que je devais vider les lieux avant la fin du mois ou qu'elle me ferait expulser. J'ai déclaré : « Bien, alors expulsez-moi ! » Elle a rétorqué : « Il y a encore une autre possibilité. Vous pourriez me racheter cette bicoque. »

Maman et Mme Müller-Böhne sont radieuses. Même Papa, que tout le monde a tenu à l'écart et qui a enfourné son dîner sans un mot (aujourd'hui : spaghettis bolognaise avec plein de parmesan), lève les yeux et se montre attentif.

– Et alors ? demandent-ils tous en chœur.

– Et alors quoi ? répète Tannenbaum.

– Eh bien, est-ce que vous lui rachetez la maison ? demande Papa en aspergeant sa chemise de sauce.

– Tu vois, c'est pour ça que je te répète tous les jours de te changer en rentrant du travail ! soupire Maman en levant les yeux au plafond.

Papa pique un fard à son tour. Et moi qui pensais qu'on ne rougissait plus une fois atteint l'âge adulte.

– Je ne peux pas la racheter, elle en veut trois cent mille ! déclare Tannenbaum.

– Trois cent mille ! s'écrient mes parents et Mme Müller-Böhne tandis que Papa fait encore une tache, cette fois de vin rouge, sur la nappe.

– Je ne pourrai pas les avoir, murmure Tannenbaum. Surtout pas d'ici la fin du mois. Je vais donc devoir me résoudre tôt ou tard à partir d'ici.

– Alors, nous allons lui montrer que vous avez le droit d'habiter ici ! Comme on vous l'a promis ! m'entends-je dire sans savoir comment j'en suis arrivé là.

Est-ce vraiment moi qui ai parlé, là ?

Maman rayonne.

– C'est bien mon fils !

Papa n'a pas l'air aussi enthousiaste, mais il se tait. Peut-être parce que Maman lui a posé la main bien fort sur l'épaule.

Mme Müller-Böhne se mordille la lèvre. Elle fait toujours ça quand elle réfléchit.

– Que va-t-il se passer alors à la fin du mois ? finit-elle par demander.

Tannenbaum hausse les épaules.

– Si je ne quitte pas la maison, la police la videra.

– Comme à la télé ? s'écrie ma prof.

– Comme autrefois ? dit Maman en souriant à Papa.

Mais Papa est en train d'essuyer les taches sur sa chemise.

– Que se passera-t-il s'il y a vraiment beaucoup, beaucoup de monde dans la maison ? je demande.

Ils me regardent tous. Cette fois, c'est moi qui rougis.

– C'est juste une idée comme ça. Si la maison est pleine à craquer… Pour l'instant, ils pensent que M. Tannenbaum est le seul à l'habiter. Mais s'il y a des tas de jeunes chez lui ?

– Non, répond Tannenbaum. D'ici là, vous devez partir. Nous avons essayé. Le mieux que vous puissiez faire, c'est de m'aider à boucler mes bagages. Il faut bien que je cède.

– Halte-là ! je m'écrie. Madame Müller-Böhne, que diriez-vous si toute la classe organisait une sortie scolaire chez le célèbre professeur Tannenbaum ? Précisément le jour où il devra évacuer les lieux.

Je croyais avoir trouvé la solution. Mes copains, les yeux brillants, gardent leur fourchette en l'air et m'approuvent avec joie, mais les adultes font grise mine.

– Ce n'est pas possible, Edvard, dit Maman comme ces mères hyper-compréhensives qu'on voit dans les séries télévisées. C'est beaucoup trop dangereux. En tant que parents, nous sommes responsables de vous et nous ne pouvons pas autoriser ça.

Je suis terriblement déçu.

– Pourtant je suis bien ici, moi !

– Oui, mais la brigade d'intervention n'est pas non plus devant la porte en ce moment, soupire Maman, le regard aussi triste que celui d'un cocker.

Franchement, il me semble entendre un fond de musique de film : violons et tout le reste. Il ne manquerait plus qu'elle écrase une larme et m'embrasse.

– Tu ne parles pas sérieusement, là ? je demande prudemment.

Mais je connais déjà la réponse. Et puis, Maman ne fait jamais de blagues.

En tout cas, je proteste énergiquement, les autres hurlent avec moi. Je crie que les flics devront me porter dehors parce que je vais rester là et m'attacher au radiateur et tout le monde finit par crier jusqu'à ce que M. Tannenbaum frappe du poing sur la table et hurle : « Silence ! Ce sont mes affaires et c'est moi qui décide qui se fera jeter dehors par la police ou non ! »

Tout le monde se tait et j'ai un peu honte. Juste après le dîner, tous ceux qui ne dorment pas là s'empressent de repartir. Anselme hésite bien un peu parce que son père lui a exceptionnellement donné l'autorisation aujourd'hui de rester ici et qu'il se demande maintenant s'il doit vraiment rester, mais M. Tannenbaum est de nouveau super détendu et lui dit que c'est OK et il lui propose même de faire encore un petit tour avec Caniche car il faut le sortir une dernière fois avant la nuit. Arthur l'accompagne parce qu'il a commencé à fumer et que, mis à part Anselme et moi, personne ne doit le savoir, même pas M. Tannenbaum ou Karli. Raton et ses potes vont se planquer avec une caisse de bières derrière la cabane du jardin.

Tannenbaum dit qu'il va commencer à remplir quelques caisses mais qu'il n'a pas besoin d'aide. Ne restent donc plus que Karli et moi.

– Et si tu me montrais tout ce que tu as déjà appris avec le professeur ? dit Karli.

– Que veux-tu que je te montre ? je demande.

Je ne me sens pas à l'aise, là, tout seul avec elle. Elle me rend nerveux parce qu'elle semble toujours tout mieux savoir que les autres et que, quand il lui arrive de ne pas savoir mieux, elle ne se démonte pas pour autant.

– Des étoiles, par exemple, hasarde Karli.

– Tu n'as qu'à aller dehors et regarder le ciel, tu verras des étoiles, tu n'as pas besoin de moi pour ça.

– Tu n'as donc rien appris avec lui ?

Elle m'attrape le bras et m'entraîne en haut sur le balcon.

– L'astrophysique n'a rien à voir avec le fait de savoir repérer les constellations, dis-je pour essayer de m'en sortir. Et pour ton information, l'astrophysique n'a rien à voir non plus avec les signes du zodiaque et l'horoscope.

– Ça m'est égal ! Tiens ? Qu'est-ce que c'est ?

Je n'ai aucune idée de ce qu'elle me montre. Alors, je commence à lui expliquer la Voie lactée, la Grande Ourse et la Petite Ourse. Et puis Persée.

– On dirait du grec, dit Karli.

– Euh... oui, beaucoup de constellations tirent leur nom de la mythologie... Voilà, Persée était le fils de Zeus et de Danaé et il a sauvé la belle Andromède. C'est la fille de Cassiopée, un peu plus à gauche, là, tu vois ? C'est Cassiopée. Et, euh... Andromède est aussi quelque part... euh...

Elle se rapproche de plus en plus tandis que je parle. Je recule à chaque fois d'un pas parce que je pense que je lui barre le chemin mais je finis par me retrouver coincé contre le coin de la balustrade, et là, je ne sais plus où je pourrais encore me faufiler.

– C'est.... euh... un peu étroit, je dis.

– Je ne l'avais pas remarqué, répond Karli en pointant son doigt vers le ciel. Et ça, qu'est-ce que c'est ?

– Je ne vois pas ce que tu montres, je réponds.

Je me sens tout nerveux et ça me met de mauvais poil. J'essaye de me sortir de là.

– J'ai froid, dit Karli avec une voix de fille que je ne lui connais pas. C'est quoi les naines rouges ? Tu m'en montres une ?

Et là, elle pose sa tête sur mon épaule. Je suis tellement surpris qu'en voulant me dégager je manque de lui tordre le cou.

– Aïe ! fait-elle.

– 'Xcuse.

– Qu'est-ce qui t'arrive ?

– Rien.

C'est vrai. J'étais juste surpris.

– Alors, euh, les naines rouges, tu ne peux pas les voir du tout, il faut pour ça… euh… elles sont d'ailleurs…

J'ai oublié tout ce que je savais sur les naines rouges. Et j'en savais pourtant un paquet.

– Je crois que tu as besoin d'aide, dit-elle.

– Quoi ? Non, non, je sais vraiment ce que sont les naines rouges. Seulement, pour l'instant, euh… ça va certainement me revenir si…

– Ce n'est pas à ça que je pense.

– Ah bon ! À cause de Tannenbaum ! C'est sûr, si tu as par hasard 300 000 euros, tu n'as qu'à les sortir !

– D'aide pour Constance.

J'ouvre de grands yeux. Elle aussi, mais un peu différemment. Pourquoi est-ce que je remarque seulement maintenant qu'elle est presque aussi grande que moi ? Pour une fille, c'est plutôt grand.

– Comment ça, Constance ?

– Nous en avions pourtant parlé. Quand Tannenbaum t'a proposé de te donner des cours particuliers, j'ai dit que je t'aiderais pour Constance.

Je ne pige toujours pas.

– Et comment veux-tu m'aider ? L'obliger à venir avec moi au ciné ?

Karli secoue la tête.

– Pour ça, tu te débrouilleras bien tout seul. Mais je te dirai quelque chose si tu arrives à mener à bien, sans trop de casse, ce qui se passe ici…

– Tannenbaum nous a quasiment déjà jetés dehors ! D'ici quelques jours, il va certainement nous dire de plier bagage avant l'arrivée des flics.

– Et alors ? Tu partiras ?

Je suis sur le point de répondre « bien sûr ». Et puis je comprends… Pourquoi devrais-je partir ? Ce n'est même pas sa maison. Nous sommes tous des squatteurs. Lui comme nous. Superbe idée. Je vais rester.

– Je vais rester, je déclare.

– C'est ce que je voulais entendre, se réjouit Karli en se jetant à mon cou.

Je manque de tomber à la renverse de frayeur, mais la balustrade du balcon est derrière moi.

– Tu m'étouffes, dis-je, tout haletant, en essayant de la repousser, mais elle s'accroche encore plus fort à moi.

– C'est vraiment dommage, poursuit-elle, que je n'aie pas simplement 300 000 euros à lui donner. Si nous avions plus de temps, nous pourrions faire une collecte pour lui, non ?

J'arrive enfin à me libérer et, là, je vois qu'elle est au bord des larmes.

– Ce pauvre M. Tannenbaum, dit-elle en tournant la tête.

Oh, mon Dieu, que fait-on quand les filles se mettent à pleurer ? Et une fille comme Karli en plus, qui n'est pas vraiment une fille. Bon, bien sûr que c'est une fille (je le pense), mais pas comme les autres filles.

Je lui donne une petite tape sur l'épaule et je dis :

– Eh, ça va ?

Elle fait oui de la tête mais ne se tourne toujours pas vers moi.

– Montre-moi encore quelques-unes de tes étoiles.

Bien... là, ça me connaît, je peux le faire. Je lui montre donc encore quelques étoiles et, par chance, une étoile filante passe et je peux ramener ma science en expliquant que c'est normalement au mois d'août qu'on en voit le plus.

– Mais c'était peut-être aussi une capsule spatiale un peu trop pressée, j'ajoute pour l'amuser.

Apparemment, ça marche. En tout cas, elle rit.

– Dis-moi... à propos de Constance, demande-t-elle. Qu'est-ce que tu lui trouves de si formidable ?

Je m'apprête à ouvrir la bouche pour lui répondre mais d'un seul coup je ne vois plus quoi dire. N'est-ce pas évident ? Constance est juste... Constance.

– Eh bien, elle est très jolie. Et très populaire. Et très bonne élève. Et tout ça...

– Hmm, fait Karli. Et tu veux être avec une fille qui est très populaire et jolie et tout ça ?

Vouloir ? Naturellement que je *veux*, mais ici il s'agit de pouvoir !

– C'est clair, dis-je.

– Je ne sais pas. Moi, je ne voudrais pas être avec quelqu'un comme Henk, décrète Karli.

– Oui, mais Henk est stupide !

– Il n'est peut-être pas aussi bon que Constance au collège mais il est chez les garçons ce que Constance est chez les filles.

– Hmm, je grommelle, mécontent.

– Est-ce que tu sais embrasser au moins ? Je parie que Henk ne sait pas embrasser. À voir la façon dont il se pavane, il est carrément minable.

– Euh, est-ce si… euh… important ?

Je rougis mais il fait assez sombre pour qu'on ne le voie pas.

– Bon, euh… de savoir qui… euh… embrasse le mieux. Je ne trouverais pas ça si… euh… grave si Constance ne savait pas bien, disons, euh… si elle ne savait pas bien embrasser. Ça vient… avec le temps… je pense.

Karli soupire.

– Mais tu n'y connais rien aux filles, n'est-ce pas ? Un garçon peut être tout à fait craquant, mais s'il ne sait pas embrasser, il perd tout de suite la cote. Crois-moi.

– Oh, euh… tu en as déjà, euh, beaucoup… embrassé ? Des garçons, je veux dire ?

– Eh bien… plus que tu n'as embrassé de filles, dit-elle. Je te propose de t'exercer.

– Comment ça, m'exercer ?

– Eh bien, t'exercer. À embrasser quelqu'un.

– Qui ça ? Arthur ? dis-je en secouant nerveusement la tête. Non, je ne peux pas embrasser quelqu'un d'autre. S'il faut le faire, j'embrasserai Constance.

– Sans t'être exercé ? Edvard, à ta place, j'y réfléchirais encore. Dans mon ancien collège, il y avait un mec formidable, il était une classe au-dessus de moi et toutes les filles en pinçaient pour lui. Toutes, sauf moi, naturellement. En tout cas, il est tombé amoureux de Marlène qui ressemblait pas mal à Constance. Peu importe, ces deux-là sont sortis ensemble une ou deux fois et ensuite ils ont rompu. Ça n'a même pas duré deux semaines. J'ai demandé à Marlène pourquoi elle l'avait largué et elle m'a confié : « Cet idiot embrassait comme une éponge mouillée. Et quand je lui ai demandé de s'y prendre autrement, il s'est mis à sucer ma langue comme une paille. C'était écœurant ! » Eh oui ! Fini, le grand amour.

Je ravale ma salive.

– C'est si difficile que ça ? je bafouille.

– Tu n'as aucune idée de tout ce qu'on peut faire de travers.

– Euh… par exemple ?

Et alors, elle s'écrie :

– Attends, je vais te montrer !

Elle se tourne vers moi, prend ma tête dans ses mains et… m'embrasse. Tout doucement sur les lèvres. Mon cœur bat comme un fou et j'ai l'impression de manquer d'air.

– Mais… ce n'était pas si difficile, je remarque enfin quand je peux de nouveau respirer.

– Ce n'était qu'un début, répond-elle.

Et elle se remet à m'embrasser, avec la langue.

– Iiiihhh, je crie en la repoussant.

– Oh, mince ! s'énerve-t-elle, si tu fais ça aussi avec Constance, ce sera certainement un bide complet.

Que puis-je dire ? Elle a raison, non ? Je me suis donc exercé avec Karli. Elle a promis qu'il n'en ressortirait rien mais elle s'est trompée sur ce point. J'ai eu une méga-érection… à cause de Karli ! Rien qu'en y repensant, voilà que ça remet ça !

Ai-je trompé Constance ? J'en ai le sentiment. Pourtant, nous ne sommes même pas ensemble.

Je ne pourrai plus jamais aller nulle part. Si Karli me donne une érection ! Et si on apprend que j'ai peloté Karli... En fait, Karli n'est pas une vraie fille, hein ? Je ne connais aucun garçon qui trouve Karli formidable, je veux dire en tant que fille.

Je vais m'occuper de ce problème d'abord. Je ne voudrais pas qu'Anselme et Arthur se pointent alors que je bande encore.

Mercredi 21 septembre, 23 h 38

Je venais juste d'en terminer quand Arthur et Anselme sont arrivés avec Caniche.

– Tu es enrhumé ? m'a demandé Anselme tandis que je m'affairais encore avec des mouchoirs.

Arthur a une drôle de mine. Anselme me raconte qu'ils sont restés longtemps dehors parce que Arthur voulait fumer plein de cigarettes. Et après, il a vomi et il a mis une éternité à pouvoir se lever de son banc où il geignait : « Va-t'en et laisse-moi mourir ici. »

Heureusement pour moi. Sinon, Arthur aurait certainement tout de suite compris ce que j'étais en train de faire.

Mais là, il se jette sur son tapis de sol et gémit :

– Jamais plus. Je ne fumerai jamais, jamais plus.

Puis, se tournant sur le côté, il rectifie :

– Jamais plus autant à la suite !

– Bien sûr, je dis.

– On y va en quoi à la convention *Star Trek* ? demande-t-il ensuite dans un souffle.

– Anselme y va en Ferengi, je décrète.

– Ah non ! Je ne veux pas encore y aller en Ferengi, proteste Anselme.

La première fois qu'il nous a accompagnés à une convention *Star Trek*, il n'avait pas encore vu la série. Nous lui avions affirmé que les Ferengis étaient des types tout ce qu'il y a de plus cool. Il a compris plus tard que ce n'était pas si cool d'être un Ferengi. Ha, ha, ha !

– Moi, j'y vais comme d'habitude, je dis.

– Moi aussi, marmonne Arthur juste avant de s'endormir.

Il ne répond même pas quand je demande quelles personnalités importantes seront là, histoire d'imprimer leurs photos pour notre album d'autographes.

Jeudi 22 septembre, 1 h 21

La page souvenir de Jason a presque 250 000 fans.

Un blogueur new-yorkais assez connu veut venir ici enquêter sur l'affaire. Il demande à la famille de Jason de l'accompagner.

Un reporter d'un journal allemand a posté un lien vers un article mis en ligne et qui paraîtra dans l'édition papier de demain.

Dans cet article, il écrit :

Un ami intime de la famille rapporte que l'hôpital était prêt à verser une forte indemnisation si l'on gardait le silence sur cette affaire. Jusqu'alors, aucun argent n'a été versé parce que la famille veut se garder le droit de porter plainte contre les médecins pour faute médicale.

Un ami intime de la famille ? Hein ? Qui cela peut-il être ?

Le message suivant est de nouveau un lien. Une blogueuse écrit qu'elle a discuté avec l'infirmière qui a accompagné Jason dans ses dernières heures. Cette infirmière ne veut pas donner de noms et préfère garder l'anonymat mais elle confirme que la mort de Jason résulte d'une erreur de diagnostic catastrophique. Elle parle ensuite des conditions inadmissibles dans l'hôpital.

Une infirmière ? Ils déraillent tous là ?

Constance a décidé de créer une fondation en l'honneur de Jason et de soutenir ainsi les familles dont les enfants ont perdu la vie suite à des erreurs médicales ou qui en subissent les conséquences. Son message a plus de 3 000 commentaires et tous semblent totalement enthousiasmés par cette idée.

Jeudi 22 septembre, 19 h 33

J'ai persuadé Tannenbaum de lancer une fête pour le week-end. Tout le voisinage sera invité. Plus ma classe. Et pourquoi pas aussi les élèves du lycée. (C'est l'idée de Raton qui traîne toujours ici avec ses deux copains. Mais au moins ils retournent en cours, de sorte que je suis seul avec Tannenbaum, et que je peux bûcher tranquillement la chimie, les maths, la bio et la physique. Et naturellement, j'ai droit en plus chaque jour à un cours spécial d'astrophysique.)

J'espère que Constance viendra à la fête.

Vendredi 23 septembre, 14 h 53

La nuit dernière, j'ai encore écrit et imprimé des cartons d'invitation avec Maman. Je les ai distribués dans tout le quartier. Arthur, Pisseux et Raton ont pris le reste pour le collège et le lycée.

Henk a posté sur son mur que c'est super ringard d'aider un vieux type à ne pas déménager. Il ne voit pas ce qu'il y a de mal à déménager. Il ne comprend rien à l'histoire.

Constance a cliqué sur *J'aime*.

Pourquoi ne me plante-t-elle pas tout de suite un couteau dans le dos ?

23 septembre, 17 h 06

Mes parents se sont disputés :

Papa : Une fête digne de ce nom a besoin de musique !

Maman : Super-idée !

Papa : Je pourrais rassembler un petit orchestre de chambre ? Ou des chanteurs que j'accompagnerais au piano ?

Maman : Tannenbaum n'a pas de piano. C'est nous qui avons un piano.

Papa : Nous pourrions élargir la fête, non ? S'il y a beaucoup de monde, il n'y aura de toute façon pas assez de place chez Tannenbaum.

Maman : Arrête avec ta musique de chambre ! Ça ne convient pas du tout pour une fête !

– Eh bien, s'énerve Papa, j'aimerais apporter quelque chose de sensé. J'ai pensé qu'en haussant le niveau culturellement les gens épouseraient plus facilement notre cause....

Maman hurle :

– Niveau ? Culture ? Dois-je aussi passer prendre quelques tableaux de ma galerie pour faire une exposition ? Ce qui se passe là-bas est une occupation de maison et je vais te dire une chose : si quelqu'un doit s'occuper de la musique, c'est moi. Edvard, est-ce que tu as vu mes CD de Rage Against The Machine ?

Moi : Euh, Maman, tu veux faire le DJ maintenant, ou quoi ?

Bon sang que c'est gênant !

Et Maman : Oh oui.

Ma mère quitte la pièce d'un pas lourd. Nous l'entendons claquer des portes dans toute la maison.

– Elle cherche nos vieux CD, explique Papa. Ceux auxquels tu ne t'es jamais intéressé. D'ailleurs, pourquoi tu ne t'intéresses pas à la musique ?

Je hausse les épaules.

– Ici, il y a de la musique tous les jours.

– Mais tu n'écoutes jamais ta propre musique… chuchote Papa en mode confidentiel comme si nous étions en train de nous entretenir d'un problème de drogue.

– Papa, depuis ma naissance, j'ai la tête pleine de votre musique, et je suis très heureux dans le silence !

Je me retire chez Tannenbaum, où il n'y a pour ainsi dire jamais de musique.

Nous partons faire les courses pour la fête.

Vendredi 23 septembre, 21 h 08

Constance a écrit sur le mur de Henk que sa mère ira à la fête parce que le directeur musical (donc mon père) participe à l'organisation et qu'elle veut faire un peu de lèche pour obtenir enfin un rôle principal. C'est donc que Constance ne viendra pas !

J'ai supplié Papa de décommander la mère de Constance mais il a dit :

– Je lui ai déjà plus ou moins interdit de chanter, je ne peux pas en plus lui interdire de venir ! D'ailleurs, ce n'est pas ma fête !

Et moi :

– Mais Constance ne viendra pas !

Papa ignore qui est Constance. Je n'ai pas envie de le lui expliquer.

Henk a écrit en dessous : *Si t'y vas pas, j'irai pas non plus.*

Constance a répondu par un smiley.

Aïe, ça se passe mal...

J'aimerais en parler à Karli mais je n'ose pas. Je ne lui ai plus parlé depuis mercredi. D'ailleurs, depuis mercredi, je veille à ne pas me trouver seul avec elle une seconde.

Vendredi 23 septembre, 22 h 58

En tant que James, j'ai écrit à Constance sur Facebook et je lui ai demandé ce qu'elle a prévu pour le week-end. Elle a répondu qu'elle avait été invitée à une fête par un garçon très particulier et un peu secret, et qu'elle s'en réjouissait beaucoup.

Elle viendra donc !

Vendredi 23 septembre, 23 h 44

Je n'arrive pas à dormir tellement je suis énervé.

Constance viendra demain !

Raton a parlé de la fête sur Twitter et, sur Facebook, il a ouvert une page officielle pour inviter un max de personnes. Ça pourrait bien être plein à craquer…

La page souvenir de Jason a maintenant plus de 300 000 fans.

Ils trouvent tous super cette idée de fondation et invitent la famille à se manifester enfin. Je n'ai aucune idée de ce que je dois répondre.

Je ne pense plus qu'à Constance et à sa venue demain ! Elle n'avait peut-être pas envie d'en parler à Henk. Ou alors, elle ne voulait pas qu'il vienne parce qu'elle venait.

S'exercer avec Karli avant aura été tout de même une bonne chose. Mais l'impression d'avoir trompé Constance persiste.

Je ne sais pas du tout ce que je dois lui dire. Peut-être lui montrerai-je simplement quelques constellations. Ça semble marcher pas mal avec les filles.

M. Tannenbaum est lui aussi tout excité : quelqu'un de la télé a appelé et va passer pour faire un reportage sur l'occupation de la maison.

Samedi 24 septembre, 15 h 20

Début de la fête ! Constance n'est pas encore arrivée. Il y a seulement les parents d'Arthur, ses frères, les parents d'Anselme, mes parents et ceux de Raton et de Pisseux. Les parents de Raton et de Pisseux ne les appellent d'ailleurs pas comme ça, mais Ralf et Peter. Leurs parents sont tout à fait normaux, si normaux qu'on oublie aussitôt qu'on vient de faire leur connaissance. Ils se tiennent simplement là debout, l'air indifférent, et ne parlent pas beaucoup. Quand on les quitte des yeux un instant et qu'on les regarde de nouveau, on se demande s'ils ont bougé entretemps. On se croirait dans *Star Trek* quand on voit les figurants passer dans la rue deux par deux ou qu'ils sont plantés quelque part sans rien faire de particulier, sauf peut-être bouger les lèvres comme s'ils se parlaient. Exactement comme les parents de Raton et de Pisseux.

M. Tannenbaum a fait du punch. Je vais le goûter tout de suite.

Samedi 24 septembre, 16h04

Constance n'est toujours pas là. Mais il y a déjà beaucoup d'élèves de mon collège. Et beaucoup de parents et de voisins. Et quelques profs. Mince, ça va être bien plein. Le punch est super.

Samedi 24 septembre, 17 h 12

Les types de la télé sont là. Un avec une caméra et l'autre juste comme ça. Je leur ai proposé du punch mais ils n'en ont pas voulu. Ils sont entrés avec Tannenbaum et ont parlé et puis ils ont filmé quelques personnes et les draps. Je leur ai dit que c'était moi qui avais fait les banderoles. Enfin, moi et Maman. Et que Constance n'est toujours pas là. Mais ça ne les a pas intéressés. Ni de savoir qu'il n'y a plus de punch. Tannenbaum en a encore dans la cuisine. Je vais aller en chercher.

Samedi 24 septembre, 17 h 42

Con… con… const… const… constan… constan… Constance… est pas là.

Samedi 24 septembre, 17 h 53

J'me zens zi mal…

Samedi 24 septembre, 18 h 15

Cheveumourirrr

Samedi 24 septembre, 18 h 26

112

Dimanche 25 septembre, 20 h 52

Subir un lavage d'estomac, c'est vraiment écœurant. J'ai si mal à la gorge, je ne peux plus parler. J'ai aussi mal au crâne. Et je me sens si mal... Je ne pourrai certainement plus jamais ni manger ni boire. L'urgentiste a dit : « C'est bien là le problème du punch, on n'en remarque l'effet que quand il est trop tard. » Ils m'ont ramené dans ma chambre et Papa est resté toute la nuit assis près de moi sur le lit et il m'a aidé à vomir. Je n'avais plus rien dans l'estomac mais je n'arrêtais pas de m'étrangler et de cracher de la bile. Bon sang, c'était dégoûtant. Papa avait le visage tout vert aussi mais il a été très courageux et il a vidé le seau.

Maman était encore chez Tannenbaum et elle s'est occupée de la musique jusqu'à la fin de la soirée. Mais elle a couru toutes les demi-heures chez nous pour prendre de mes nouvelles.

– Tu n'as pas de honte à avoir, Edvard, elle a dit, nous avons tous connu ça. Nous en parlerons tranquillement quand tu seras rétabli.

Je ne sais pas de quoi je dois lui parler. J'ai pris une décision ferme : de ma vie, je ne boirai plus jamais d'alcool. Je n'arrive même pas à comprendre qu'on puisse en boire volontairement si on se sent comme ça après.

Mais d'après Maman, la soirée a été super. Il y avait deux cents personnes. Tannenbaum était tout heureux, tout le monde voulait le soutenir pour qu'il puisse rester là. À la télé aussi, ils ont parlé de lui. Ils ont raconté que la maison où il est né avait été construite par ses grands-parents, qu'il a dû la vendre un jour et que le propriétaire lui avait promis qu'il pourrait y habiter toute sa vie mais que maintenant la fille du propriétaire voulait le mettre dehors. Ils ont interviewé des voisins qui ont déclaré que Tannenbaum était un type formidable (Maman a dit que c'étaient tous des gens qui n'avaient jamais échangé un mot avec lui et qu'ils n'étaient venus à la fête que pour boire et manger). Ils ont montré Caniche, mais ils ne m'ont *pas* filmé, ce qui était sans doute tout aussi bien, et ils ont fait un zoom sur les banderoles. Maman aussi a été interviewée, devant un de ses draps. Puis ils ont présenté un avocat qui a dit que tout ça était très bien, mais que, juridiquement parlant, Tannenbaum doit maintenant quitter la maison. Papa m'a enregistré le reportage et me l'a copié sur l'ordinateur parce que je ne peux pas encore me lever.

Constance n'est pas venue. Sur Facebook, elle a écrit qu'elle était à la fête d'un ami du grand frère (il a déjà dix-huit ans) de Henk. Elle en a parlé en long et en large sur son mur et a encore remercié Henk mille fois de l'y avoir emmenée. Elle a envoyé un message à James pour lui dire qu'elle avait fait la fête avec des garçons plus âgés et super cool, ce que naturellement personne ne devait savoir avant pour ne pas susciter de jalousie. Ha, ha !... Nous essayons ici d'aider M. Tannenbaum et elle fait la fête avec des gars de dix-huit ans. ☹

Mais Constance a aussi continué de s'activer sur la page souvenir de Jason. Elle a rassemblé des articles et des extraits de blogs qui parlent de sa disparition tragique. La page Facebook a maintenant 350 000 *J'aime*.

Constance leur a bêtement demandé à tous de devenir amis avec James et de lui envoyer un message pour qu'il se manifeste enfin publiquement. James a maintenant tellement de demandes d'amitié que le serveur de Facebook va probablement être saturé si je les accepte toutes.

J'ai déjà réfléchi à supprimer son profil mais alors je ne pourrais plus lire ce que Constance écrit. Ou Henk.

Lundi 26 septembre, 10 h 07

J'ai un certificat médical, officiel cette fois, qui me permet de rester à la maison cette semaine. Je n'arrive toujours pas à bien parler. Je crois qu'ils m'ont bousillé les cordes vocales quand ils m'ont enfoncé le tuyau dans la gorge.

Là, je viens de jeter un œil par la fenêtre et j'ai vu qu'il se passe des tas de trucs dans le jardin de Tannenbaum : tous ceux de ma classe sont en train de l'aider à ranger ! Avec Mme Müller-Böhne ! Personne ne m'en a rien dit ! Je veux m'habiller et filer en face mais Maman arrive dans la chambre et proteste :

– Ah, mais non ! Tu es officiellement malade et tu ne peux pas parler. Tu restes au lit.

« Mais Constance est là », je veux dire, mais je ne produis que quelques sifflements.

– Allez, hop, au lit ! grogne Maman en croisant les bras.

Quand elle est de nouveau en bas, je me colle à la fenêtre avec ma longue-vue pour observer Constance. Elle n'arrête pas de rire avec Henk qui lui pose le bras sur les épaules et lui chuchote quelque chose à l'oreille. Constance lui sourit et ferme les yeux.

Je dépose la longue-vue pour ne pas me remettre à vomir. Mais avant de me recoucher, je cherche à voir Arthur et Anselme. Ils paraissent tous les deux en pleine forme. Je n'arrive pas à me rappeler ce qu'ils ont fait pendant la fête. Puis Karli passe devant la lentille, s'arrête et me fait signe. Je me replie vite vers mon lit avant que quelqu'un d'autre ne me voie.

Lundi 26 septembre, 11 h 50

Maintenant, ils sont tous assis dans la bibliothèque de Tannenbaum. On dirait qu'il va faire un discours.

Lundi 26 septembre, 11 h 59

SMS de Karli : « Pose ta stupide longue-vue, tu rates rien. Tannenbaum nous donne un cours spécial de physique, tout le monde trouve ça super, et Constance sort avec Henk. »

Lundi 26 septembre, 14 h 01

Je refuse de m'alimenter. J'ai décidé d'entamer une grève de la faim.

Lundi 26 septembre, 16 h 22

Je m'ennuie.

Sur le profil de James, je n'ai répondu à aucune des demandes d'amitié. Je fais le mort. Je le serai peut-être d'ailleurs vraiment bientôt : je fais la grève de la faim.

400 000 fans pour Jason.

Lundi 26 septembre, 18 h 59

Constance a posté que ce n'est pas si simple de créer une fondation pour Jason. Elle a demandé des idées qui pourraient aider la famille. C'était il y a cinq minutes. Il y a déjà plus de 400 réponses. Presque toutes disent qu'elle n'a qu'à ouvrir un compte privé sur lequel on pourrait verser des dons pour la famille. Eh ben, dis donc, ils ont tous de l'argent à jeter par les fenêtres !

Je suis complètement abattu à cause de Constance et de Henk et j'ai aussi tellement faim que je n'arrive plus à me concentrer.

Lundi 26 septembre, 23 h 02

Pillé le frigo. J'ai mangé le reste de Gouda, un demi-Camembert, à peu près cent grammes de jambon Serrano, plus le fromage blanc aux herbes, une demi-escalope que quelqu'un a dû laisser à midi et mettre au frigo pour demain, deux bananes et un paquet de sticks salés. Suite à quoi, j'ai encore vomi. Je suis au bout du rouleau. J'aurais peut-être dû attendre pour manger. Maintenant, j'ai encore plus mal à la gorge. Et au ventre. En fait, j'ai mal partout.

Karli m'a de nouveau envoyé un SMS : elle est chez Tannenbaum avec Arthur, Anselme, Pisseux, Raton et ses potes et elle tient la position. Tout le monde me donne le bonjour. Malheureusement, Maman n'a laissé entrer personne quand ils ont voulu venir me voir, pas même Tannenbaum. Elle veut savoir comment je vais. Je lui réponds que je voudrais mourir. Elle m'écrit : *Constance n'est qu'une bique sans cervelle et elle ne te mérite pas.*

C'est *elle* qui ne *me* mérite pas ? Karli a dû confondre, là.

Sur Facebook, Constance a changé son statut par « en couple ». Henk a aussi changé son statut. Bon sang, ça va vraiment *mal.*

Mardi 27 septembre, 6 h 01

Tombé du lit, réveillé par une musique d'enfer. Je me demande ce qui arrive et je fonce en bas. Maman se trouve devant la chaîne hi-fi en train de tourner je ne sais quels boutons.

– Mince, ça fait si longtemps que je n'ai plus mis en route cette saleté ! peste-t-elle.

Je baisse le son. D'habitude, elle écoute toujours ses CD sur le lecteur de DVD. Ou sur le portable. Il y a bien longtemps que personne n'utilise plus la chaîne hi-fi.

– Qu'est-ce qui se passe ? je chuchote, la voix toujours éraillée.

Elle hausse les épaules et se laisse tomber sur un coussin.

– Ah, je voulais juste écouter quelques vieux albums.

– Tu écoutes sans arrêt de vieux albums.

– Je veux dire : de vrais vieux albums de ma période punk. Ceux que j'écoutais quand je squattais les maisons. Stiff Little Fingers, par exemple. Aujourd'hui, j'écoute des trucs plus *soft*.

Si ce que Maman écoute de temps à autre est *soft*, je préfère ne rien savoir sur sa période punk. Une fois sur une photo, j'ai vu à quoi elle ressemblait à mon âge… En comparaison, Pisseux est un garçon honnête et bien habillé.

– Et pourquoi comme ça, à 6 heures du matin ?

– Je n'arrive pas à dormir.

C'est drôle. Maman peut dormir partout et n'importe quand.

– Il s'est passé quelque chose ? je demande.

– Non, juste dans ma tête. J'ai pensé à autrefois. Quand nous nous battions pour un monde meilleur. Plus juste, plus social, plus beau. Nous voulions aider et changer les choses. Et qu'est-ce que je fais aujourd'hui ?

Elle s'arrête là. Elle attend sans doute une réponse. Je dis :

– Eh bien, tu gagnes de l'argent comme tous les parents et tu t'occupes de moi. Et de Papa. Et lui, il s'occupe de nous.

– Je vais tous les jours dans cette maudite galerie et je conseille des idiots friqués pour leur dire où ils peuvent accrocher je ne sais quel tableau dans leur logement, et si la couleur ira avec le canapé… Voilà pour l'art. Voilà pour la rébellion.

Je réfléchis un moment en me frottant les yeux pour réussir enfin à les ouvrir vraiment.

– Tu préférerais être au chômage ? je chuchote.

Elle soupire.

– Mais non. C'est simplement que je ne sais plus si je suis toujours en phase avec ce que je fais toute la journée. Ton père et moi, nous en sommes arrivés aujourd'hui à ce contre quoi nous avons lutté autrefois. Ton père semble s'en accommoder. Il aime son job, il *est* son job, il ne pourrait rien faire d'autre dans la vie. Mais moi…

Elle secoue la tête et laisse ses cheveux pendre devant ses yeux. Je ne sais quel groupe punk beugle dans la chaîne hi-fi, mais il beugle tout doucement.

– Un jour, j'ai dû prendre le mauvais embranchement. Edvard, fais-moi plaisir, promets-moi de ne toujours faire dans la vie que ce qui te tient à cœur. Et maintenant, au lit ! Tu m'as l'air épuisé !

Elle me sourit puis elle ajoute :

– Cela dit, pouvoir sécher le collège pendant deux semaines d'affilée, ça plairait aussi à pas mal de garçons de ton âge.

J'acquiesce et je retourne dans ma chambre.

Parfois, j'aimerais avoir des parents normaux.

Mardi 27 septembre, 16 h 41

Pioncé jusqu'à midi ! Je me suis levé et j'ai couru chez Tannenbaum.

Il veut savoir comment je vais, j'ai encore des difficultés à parler. Il me raconte la fête en détail. C'est sûr que je préférerais en savoir plus sur celle où se trouvait Constance.

Tannenbaum me parle aussi du reportage télévisé.

– L'avocat a raison, dit-il, il faut que je vide les lieux.

Je me dis alors qu'il faudrait reprendre tout de suite les cours pour qu'il puisse m'en apprendre le plus possible avant de partir.

Il a déjà rempli beaucoup de caisses. Les étagères à livres sont quasiment vides. Triste spectacle.

Arthur, Anselme et Pisseux se pointent un peu plus tard, ce qui m'énerve parce que, du coup, je peux faire une croix sur mon cours. Peu après, c'est Raton et ses potes débiles qui se retrouvent complètement paniqués devant la porte. Ils ont un contrôle de maths dans deux jours. Maintenant, Tannenbaum ne s'occupe plus que de ces trois types bordéliques.

Je me sens de trop.

Mardi 27 septembre, 19 h 42

Constance a écrit à James combien elle est heureuse d'être avec Henk. Elle lui demande s'il a aussi une amie.

Mardi 27 septembre, 22 h

500 000 fans de Jason et de plus en plus d'articles en ligne. Vient d'apparaître une nouvelle interview de l'infirmier qui a soi-disant emmené Jason à l'hôpital. Naturellement, l'infirmier veut garder l'anonymat. (C'est clair, il NE PEUT PAS donner son nom !) Ils déraillent tous. TOUS.

Et Constance couvre son mur de messages disant qu'elle est siiiiiiiiiiiiiiii heureuse avec ce débile de Henk.

Karli est aussi sur Facebook. Je viens de le découvrir en entrant son nom juste comme ça, pour voir. Mais je peux difficilement me lier d'amitié avec elle en tant que James. Ce serait trop bizarre.

Et si je réactivais mon profil ? Je pourrais alors lui envoyer une demande d'amitié. Bien que ce soit plutôt nul quand on n'a que trois amis sur Facebook, non ?

Je dois dormir chez moi. Papa dit que je ne suis pas encore complètement remis. Comme le médecin m'a déclaré malade pour de bon, je dois lui faire le plaisir de dormir dans mon lit et pas sur un matelas pneumatique. (Il ne s'agit même pas d'un matelas pneumatique chez Tannenbaum mais d'un tapis de sol !)

Mercredi 28 septembre, 4 h 03

Tannenbaum ne doit pas déménager !

C'est simple. J'ai pensé à ça dans mon sommeil et je viens de me réveiller en sachant exactement ce que je devais faire. Je me suis connecté sur Facebook (en tant que James) et j'ai écrit à Constance. Je l'ai remerciée de s'être toujours occupée du souvenir de Jason, surtout maintenant qu'elle a un amoureux. Puis, sur la page en mémoire de Jason, j'ai remercié tous ceux qui avaient témoigné leur sympathie en leur demandant aussi de bien vouloir comprendre que la famille souhaitait le calme, et en leur assurant que tout ce qu'on lit dans les journaux sur l'hôpital n'est pas vrai, mais qu'il y a quelqu'un que Jason a grandement vénéré et qui est maintenant dans une grande détresse, à savoir le professeur Daniel Tannenbaum, l'auteur du livre *Étoiles*, le classique de l'astronomie. J'ai écrit :

Mon petit frère Jason ne se promenait jamais sans ce livre. Quand il est allé en Allemagne, il a eu la chance de rencontrer le professeur en personne. Celui-ci l'a aidé, lui qui était nul en physique, à devenir le premier de la classe et, après le lycée, Jason voulait même faire des études de physique ! Nous venons d'apprendre maintenant par des amis que le professeur Tannenbaum a besoin d'une aide d'urgence. Ici, j'ai mis un lien vers le reportage télévisé. *Si vous voulez donc faire quelque chose pour honorer la mémoire de Jason, aidez cet homme. Il lui faut d'urgence 300 000 euros. Vous êtes plus de 500 000. Il lui faut cette somme pour vendredi au plus tard.*

J'appuie sur *Entrée* et j'envoie le message. Une minute plus tard, je reçois quelques centaines de *J'aime*. Et les premiers répondent déjà : *Super-idée, nous participons*, *Enfin, nous pouvons faire quelque chose pour Jason* et d'autres trucs du genre.

J'écris un message à Constance pour lui demander si elle veut bien se charger d'ouvrir un compte où verser les dons. Je lui écris l'adresse du professeur Tannenbaum (James ne peut pas savoir qu'elle connaît l'adresse !), je lui dis au revoir et je supprime le compte de James.

Maintenant, je suis bien réveillé.

Et super excité.

Mercredi 28 septembre, 21 h 56

J'ai aidé Tannenbaum à tout emballer puis nous avons parlé des naines rouges. Je n'ai aucune idée de ce que fait Constance. Finalement, je n'aurais pas dû désinscrire James de Facebook.

Karli n'arrête pas de me sourire et je ne sais pas ce que je dois faire. Je n'arrive pas à lui parler normalement parce que je ne peux pas m'empêcher de penser que j'ai eu sa langue dans ma bouche. Et vice versa. C'est plutôt bizarre. Je ne sais pas comment ça se passe quand on a une copine et qu'on fait ça sans arrêt et qu'on doit aller quelque part, au collège par exemple, et qu'on ne peut pas s'enfermer dans la salle de bains. Je veux dire, on ne peut quand même pas se promener toute la journée avec une érection.

En cours, Karli est assise À CÔTÉ de moi !

Je ne dois plus y penser.

Je suis déjà tout irrité.

Je me demande ce que Constance et Henk peuvent bien faire.

…

OK, ça aide. Quand je pense à Constance et Henk, mon problème d'érection est réglé. Je peux donc aller au collège sans me faire remarquer.

Jeudi 29 septembre, 7 h 39

Maman m'a posé sur le bureau une crème pour peaux irritées.

Comment elle a pu savoir ça ?

Gêêêênant !!!!!

Jeudi 29 septembre, 13 h 33

Alerte ! Tannenbaum a terminé d'emballer. Il a loué un camion, il voulait déjà déménager aujourd'hui. J'ai pu l'empêcher juste à temps de décrocher les banderoles.

– Où voulez-vous aller ? Vous n'avez pas encore de nouveau logement ! j'ai dit.

– Je vais tout mettre au garde-meubles et je vais prendre quatre semaines de vacances sur la côte Baltique. Pendant ce temps, je réfléchirai à me trouver un nouveau logis.

– Un nouveau logis au bord de la Baltique ?

Je suis sidéré. Sidéré que quelqu'un d'autre que mes parents parte volontairement sur la côte Baltique !

– Oui, peut-être. Je n'en sais vraiment rien encore.

– Mais… vous ne pouvez pas rester encore un jour de plus ?

Quelle buse je fais ! Je n'aurais jamais dû me désinscrire de Facebook. Je ne peux même plus vérifier ce qu'écrit Constance. Mince. Peut-être ne parvient-elle pas à rassembler l'argent ?

– Edvard, crois-moi, tu réussiras sans moi. Regarde Raton et ses copains. Ils ont un contrôle de maths aujourd'hui et je te parie que demain, quand on leur rendra leur travail, ils n'auront pas une aussi mauvaise note que d'habitude.

– Oui, grâce à vous.

– Non, parce qu'ils se sont assis et qu'ils ont appris, rectifie Tannenbaum.

– Mais non, tout ça, c'est grâce à vous ! Quand vous expliquez, on a envie d'écouter !

– Alors, c'est à vous de trouver ce qui vous donne le goût d'apprendre. Mais vous n'avez pas besoin de moi pour cela.

Ma tête est en ébullition. Je peux difficilement lui dire que j'ai essayé de rassembler l'argent pour qu'il puisse racheter sa maison. Ce n'est pas possible ! Ou dois-je tout de même le lui dire ? Mais si ça ne marche pas ? Dois-je le faire ? Ou non ? Et puis les idées se remettent à faire la culbute et l'une d'entre elles me tombe pour ainsi dire directement dans la bouche :

– Je vous parie que Raton, Noffi et Boulet auront quand même une mauvaise note. Si c'est pas une pire.

– On parie quoi ? dit Tannenbaum.

– Une énorme pizza chez Luigi.

Luigi, c'est l'Italien du coin. Je crois qu'il était aussi à la fête de Tannenbaum. (Je ne m'en souviens plus très bien.)

Tannenbaum rit.

– Tu veux vraiment que je reste un jour de plus, hein ? Eh bien, OK.

Je tope vite dans la main qu'il me tend.

Au moins, j'ai réussi ça.

– Alors, je n'ai plus besoin de tant me presser, dit-il.

– Je croyais que vous aviez déjà fini ?

– Oui, mais je voulais t'inviter au planétarium. Si je reste une nuit de plus, je peux t'y emmener et aussi à l'observatoire !

Cet homme ne doit s'en aller à aucun prix ! Si Constance ne vient pas demain avec l'argent de sa tribu Facebook, il faudra que je trouve autre chose.

Mais quoi ?

Peut-être vais-je appeler Constance ?

Jeudi 29 septembre, 13 h 58

Constance n'a pas répondu. À aucun de mes appels. J'ai appelé cinq fois.

Jeudi 29 septembre, 14 h 03

À mon SMS *Alors, comment vas-tu ?* au contenu vraiment innocent, elle répond : *Fiche-moi la paix !*

Jeudi 29 septembre, 14h16

Reçu un SMS. Mais de Karli. Elle écrit : *Passerons pas aujourd'hui après cours, fête sportive ! Oublié de te le dire !*

ÇA NE M'INTÉRESSE PAS ! Je vais au planétarium avec Tannenbaum ! ☺

Il me faut d'urgence un plan B. J'ai demandé à Papa s'il ne pouvait pas faire un emprunt pour avancer l'argent à Tannenbaum mais il dit que ce n'est pas possible. Maman, qui a déjeuné aujourd'hui à la maison, lui a lancé un œil tout ce qu'il y a de plus noir et a claqué ensuite quelques portes. Et puis nous avons entendu rugir le moteur de sa voiture et elle a démarré sur les chapeaux de roues.

Vendredi 30 septembre, 8 h 29

C'était tellement super ! J'ai presque retrouvé ma voix normale, même si hier soir, excité comme un pou, je n'ai pas arrêté de baratiner Tannenbaum. Mince, c'était trop cool ! Je ne pouvais pas m'arrêter d'en parler.

– Edvard, j'étais là ! Je sais ce que nous avons vu ! dit-il.

Mais tout de même… Je n'ai pas cessé non plus de lui poser des questions. Je voulais savoir toutes les professions qu'on peut exercer quand on étudie l'astrophysique, quelles études on peut faire, etc.

Tannenbaum a ri. Il a dit que je pouvais être vraiment fatigant mais je crois que ça lui a fait plaisir d'en discuter. En tout cas, il m'a parlé de ce fabuleux télescope géant qu'on est en train de construire au Chili dans le désert d'Atacama. Il s'appelle Alma, ce qui est l'acronyme de *Atacama Large Millimeter Array*, mais je ne sais pas exactement ce que ça signifie. Il dit qu'il est encore en construction et que, quand il sera terminé, ce sera le télescope le plus performant de ce type ! Et il connaît même quelqu'un qui travaille à sa programmation.

– Si tu veux, je peux te le présenter. Un type très sympa, très intelligent. Il s'appelle David.

– Il est aussi astrophysicien ?

– Non, c'est un informaticien.

Puis il m'a expliqué ce qu'Alma a de si particulier : il permet de voir des objets super éloignés et très froids qu'on ne peut pas observer avec d'autres télescopes. C'est passionnant ! Le communiqué officiel de la presse n'est même pas encore sorti. C'est encore un secret !

Toujours pas de nouvelles de Constance.

Karli m'a écrit qu'elle, Arthur et Pisseux se sont pris une heure de colle aujourd'hui parce qu'ils avaient oublié de faire leurs devoirs à force d'avoir traîné chez Tannenbaum.

J'ai répondu à Karli : *C'est une chance que Tannenbaum reste jusqu'à demain matin, il faut tout de même venir lui dire au revoir !*

On verra bien à quel moment ils passeront aujourd'hui.

Vendredi 30 septembre, 13 h 29

Pari perdu ! NATURELLEMENT ! Je vais devoir demander de l'argent à Papa pour pouvoir payer la pizza à Tannenbaum. Noffi, Boulet et Raton ont obtenu de bonnes notes. Ils en sont tous les trois si fiers qu'ils ont pris Tannenbaum dans leurs bras et l'ont même porté en triomphe. Puis ils sont allés trinquer dans sa cabane de jardin pour fêter ça. Tannenbaum n'en pouvait plus de rire.

Je lui ai dit :

– Et vous voulez vraiment partir très loin de nous ?

Du coup, il s'est renfrogné.

– Vous allez me manquer.

– Et si vous restiez ici ?

– Ce serait bien. Mais ce n'est pas possible.

Je hausse les épaules.

Les cours sont déjà finis mais je ne vois toujours pas Constance.

Karli envoie un SMS : *Vous êtes chez Tannenbaum ?*

Je ne réponds pas. Question idiote, non ?

Vendredi 30 septembre, 17 h 22

Papa est venu bavarder avec nous. Tannenbaum a essayé de lui expliquer ce que j'aime dans l'astrophysique. Papa n'arrive pas à le comprendre et il espère toujours me voir faire un truc artistique.

– Pas quelque chose d'aussi aride, dit-il.

– Mais c'est tout sauf aride, proteste Tannenbaum.

– Bon, alors ne disons pas aride, mais plutôt théorique, dit Papa.

– Ce garçon s'intéresse aux rapports entre les choses. À ce qui tient le monde ensemble, si je peux citer le bon vieux Faust. Ou Goethe, comme vous voulez.

– Et qu'est-il devenu, Faust ? s'écrie Papa.

– Et qu'est devenu Goethe ? Mis à part le fait que ses écrits scientifiques lui importaient plus que son œuvre littéraire. Vous ne devez pas perdre de vue que la physique ouvre le champ à des tas de domaines professionnels interdisciplinaires.

Et ainsi de suite pendant une éternité et je n'ai pas tout compris. Pour finir, Papa a voulu nous accompagner chez l'Italien et j'ai pensé tout à coup qu'il n'y aurait personne à la maison si jamais Constance passait. Je les ai donc laissés partir tous les deux chez Luigi et j'ai collé un mot sur la porte d'entrée : *Nous sommes chez Luigi*, avec le plan. Par mesure de précaution, j'ai encore attendu quelques minutes.

Mais elle ne vient pas.

Là, je vais partir aussi chez Luigi.

Vendredi 30 septembre, 18 h 30

Karli entre avec les autres chez Luigi AVEC MON PETIT MOT À LA MAIN ! Comment Constance va-t-elle nous trouver maintenant ? Karli veut s'asseoir à côté de moi, je lui arrache le papier de la main et je dis « Je reviens tout de suite ». Puis je file à toute vitesse.

Je devrais peut-être faire plus de sport, c'est parfois pratique d'être en forme.

En tout cas, je fonce vers la porte de Tannenbaum, je sue comme un bœuf et je vois là Constance et sa mère en train de sonner.

Constance !

Elle a réussi !

Je lui envoie un grand sourire mais elle fait la moue et détourne le regard.

Sa mère dit :

– Oh, bonjour Edvard, ton père est là ?

Je dis :

– Où ça ?

– Eh bien, je ne sais pas, chez lui ? demande-t-elle, légèrement déboussolée.

– Il est avec M.Tannenbaum chez Luigi. Nous sommes en train de manger une pizza.

– Et qu'est-ce que tu fais ici, alors ? demande Constance, un poil énervée.

– Je voulais coller ce billet sur la porte, dis-je en lui montrant le papier.

– C'est pour qui ? demande-t-elle.

Je m'apprête à répondre : « Pour vous ! » mais je me rattrape, je suis censé ne rien savoir de James. J'ai failli me trahir.

– Pour… euh… Maman.

Elle arrive justement, les cheveux en désordre et le regard fixe.

– Où est M. Tannenbaum ? demande-t-elle en ignorant complètement Constance et sa mère.

– Bonjour, madame de Vigny, gazouille joyeusement la mère de Constance.

– B'jour, marmonne Constance.

Maman donne l'impression de découvrir seulement leur présence.

– Ah, bonjour, madame euh… Vous vous êtes trompées de porte ?

– Nous sommes tous chez Luigi, je m'empresse de dire. Ils nous attendent, allez, viens, Maman !

– Ton père est vraiment là-bas aussi ? demande la mère de Constance, intéressée.

Je démarre aussitôt. Elles me suivent toutes les trois mais c'est plutôt pénible. Je dois sans cesse m'arrêter pour les attendre. Maman semble être partie en pensée dans un univers parallèle, Constance, de mauvaise humeur, joue avec son Smartphone et sa mère se remet du rouge à lèvres en marchant.

J'ai fini par les distancer. Et me voilà assis sur l'escalier en train d'attendre ces dames en pensant que tout ça ne se présentait pas bien. Si Constance avait l'argent, elle aurait souri, non ? Et pourquoi venait-elle avec sa mère ? Celle-ci voulait sans doute voir Papa, n'est pas tombée sur lui, a couru en face chez Tannenbaum en croyant le trouver là. Et Constance n'est ici que par hasard.

Je me sens mal.

Samedi 1er octobre, 11 h 21

Je ne sais pas par où commencer.

Peut-être vais-je simplement tout raconter dans l'ordre. Pour ne rien oublier. Alors, voilà :

Constance, sa mère et Maman ont mis une éternité à arriver chez Luigi. J'ignore pourquoi. En tout cas, j'entre et je m'assieds à la table quand Tannenbaum est justement en train de dire à Papa :

– … et la propriétaire vient demain matin. Elle prétend qu'elle n'a pas besoin de me rencontrer, je n'ai qu'à laisser la clé dans la boîte aux lettres. Elle veut bien renoncer au loyer du mois dernier pourvu que je ne fasse plus de problème et que je parte enfin.

– Eh bien, espérons qu'elle ne va pas emménager là quand vous serez parti, dit Papa.

Et puis, il fixe la porte. Maman est en train d'entrer.

– Julia, mais qu'est-ce que tu as ?

– Il faut que je t'avoue quelque chose, David. C'est très important et…

– J'ai aussi quelque chose à dire, annonce Constance.

– Mince, elle a une de ces voix nasillardes ! me chuchote Karli.

– Oh, monsieur de Vigny. Je ne m'attendais pas à vous voir ici, gazouille la mère de Constance. Nous nous voyons si *rarement,* malheureusement.

Elle rit. D'un rire stupide. Personne ne rit vraiment comme ça.

– C'est inévitable quand on ne joue que les seconds rôles, dit Maman.

Je crois qu'elle ne voulait pas le dire aussi fort, mais ça lui échappe.

– Bonjour, monsieur Tannenbaum ?

Constance désigne Tannenbaum.

Celui-ci s'efforce visiblement de la remettre.

– Ah, mais tu es…

– Constance, de ma classe, je lui chuchote.

– Euh… bon, je suis une amie de Jason, dit Constance.

Tannenbaum lève les sourcils.

– Vous lui avez donné des cours particuliers autrefois, je vous raconterai plus tard, je lui glisse à l'oreille.

Mince ! Je n'avais pas du tout pensé à ça ! Si Tannenbaum ne joue pas le jeu, toute l'affaire va capoter !

– Euh… Jason, oui, dit Tannenbaum avec un sourire mal assuré en direction de Constance.

Entre-temps, il lorgne vers moi.

– Oui, c'est ça, Jason, confirme Constance. Il est mort, malheureusement. Ça a été si terrible que nous avons voulu aider sa famille. Comme vous avez été le grand modèle de Jason, il aurait certainement voulu que nous vous aidions…

Puis, regardant sa mère d'un air incertain.

– J'ai oublié quelque chose ? demande-t-elle.

– C'est bien, ma poulette, continue.

Je me fais presque dessus d'excitation. Constance va bientôt lui donner l'argent, Tannenbaum va pouvoir acheter sa maison et tout ira bien. Du moins, je le pense. Mais je suis complètement à côté de la plaque. Car Constance poursuit :

– Jason était un de vos grands fans. Il était aussi fan de ma mère. De sorte qu'elle va maintenant vous chanter… son air préféré. Il s'agit de « Les hommes sont de grands tourments », de Beethoven.

– De Mozart, ma chérie. Et ça s'intitule : « Les hommes sont de grands gourmands », annonce la mère de Constance, rayonnante.

Elle donne à sa fille un léger coup de coude et celle-ci pianote sur son smartphone en soupirant jusqu'à entendre une musique de piano métallique.

Alors, sa mère se met à chanter.

Papa a l'air torturé. Maman lève les yeux au ciel. Tannenbaum m'interroge du regard et je hausse les épaules.

Derrière le comptoir, Luigi fait des gestes fous comme si quelqu'un voulait lui trancher la gorge.

Et tous les autres font une drôle de tête. Raton, Noffi et Boulet se reculent le plus possible avec leurs chaises. La mère de Constance sait certes assez bien chanter mais… elle chante vraiment trop fort.

Quand elle a enfin terminé, nous mettons quelques secondes à comprendre qu'il va falloir applaudir. Si elle n'avait pas répété tout le temps « merci, merci ! » en s'inclinant de tous les côtés, nous n'aurions certainement jamais pigé. Elle se glisse avec une chaise entre Papa et Tannenbaum et dit au professeur :

– Mes condoléances, c'est terrible de perdre un vieil ami !

Tannenbaum acquiesce d'un air songeur.

Puis elle se tourne vers Papa et le noie dans un torrent de paroles. Papa tente de capter le regard de Maman qui, au comptoir, vient de se faire servir un verre de vin par Luigi. Elle en boit une grande gorgée et se dirige vers nous.

– Je voulais ajouter autre chose, annonce-t-elle en essayant de dominer le murmure ambiant. David, j'ai pris une décision et j'aimerais…

Constance se pousse devant elle.

– Non, attendez ! Je n'en ai pas fini.

Maman lève de nouveau les yeux au ciel, vide son verre d'un trait et retourne au comptoir.

– Merci Maman, dit Constance, c'était très, très impressionnant et cela aurait certainement plu à Jason. Encore une fois, s'il vous plaît, merci d'applaudir ma mère !

Elle commence à applaudir. Je regarde Karli qui tape dans ses mains sans grande conviction. Elle répond à mon regard et lève des sourcils interrogateurs. Je hausse les épaules. La mère de Constance se lève, s'incline et gazouille un merci. Puis elle se laisse retomber sur sa chaise et soûle Papa de paroles.

– La famille de Jason ne voulait ni fleurs ni couronnes pour l'enterrement, reprend Constance. Elle a demandé de faire une collecte pour vous afin que vous puissiez acheter la maison. Tenez ! Voici un extrait de la situation actuelle du compte. Il se peut qu'il soit encore plus élevé lundi parce que tous les versements n'ont pas encore été enregistrés, m'a-t-on assuré à la banque.

Elle pose le papier sur la table.

– On peut s'en aller maintenant, Maman. J'ai fini.

– Ah, assieds-toi et bois un coca ! Ou un jus de fruits ! Tu vois bien que monsieur le directeur musical veut me parler.

– Oh, euh… non, si vous devez partir… s'empresse de dire Papa.

Constance, énervée, pousse un gémissement et s'en va. Je la suis des yeux, stupéfait, et j'ai envie de pleurer.

– Je ne sais pas comment tu t'y es pris, me glisse Karli à l'oreille. Mais je sais que tu es derrière tout ça. Ai-je raison ?

Je la regarde, surpris.

– Comment tu le sais ?

– Je l'ai deviné. Et maintenant, raconte.

Je secoue la tête.

– Plus tard. Peut-être. C'est une longue histoire.

– Et pourquoi ne pourrait-on pas la connaître ?

– C'est aussi une longue histoire.

– Et qui est Jason ?

– Je viens de te le dire, c'est une longue histoire.

Elle commence vraiment à m'énerver.

Maman est toujours au comptoir, elle s'enfile un autre grand verre de vin. Karli me rend nerveux. Je me lève et je rejoins Maman.

– Tu ne voulais pas nous parler de quelque chose ?

Elle secoue la tête.

– Ce petit monstre m'a ravi la vedette.

– Constance ? Je la trouve très…

– Edvard, ton goût en matière de femmes s'améliorera dans les années à venir, du moins je l'espère.

– Non, elle est..

Je veux protester, mais je préfère m'arrêter là et je lui demande ce qu'elle avait à raconter. Elle hausse les épaules.

– J'ai vendu la galerie.

– Hein ?

– Oui. Ce n'était pas ce qu'il me fallait. Je ne voulais plus continuer. Alors, j'ai vendu. Avec l'argent, je voulais acheter la maison de Tannenbaum. Mais l'affaire est réglée maintenant.

Elle commande un autre verre de vin.

– Tu voulais acheter la maison pour Tannenbaum ?

– Tu m'écoutes parfois quand je te parle ? demande-t-elle.

– Et… et que vas-tu faire maintenant ? Tu es au chômage ?

– En quelque sorte, oui.

– Tu vas aller à Pôle emploi et toucher le RSA ?

Elle pousse un grand soupir.

– On ne vous apprend donc rien sur la vie à l'école ? Non, non, pas de RSA, j'ai l'argent de la galerie et je vais m'en servir pour faire autre chose. Tannenbaum n'en a plus besoin et je finirai bien par trouver une idée. Pas d'inquiétude, tu ne mourras pas de faim et nous ne devrons pas non plus déménager.

– Je ne pensais pas à ça.

– Vous n'apprenez vraiment rien à l'école, répète Maman en vidant son nouveau verre de vin.

– Tu sais, dis-je, je trouve ça super de ta part d'avoir voulu aider Tannenbaum.

Maman hausse les épaules.

– C'est à cause de toi. Sans ton action, je ne me serais jamais mise à réfléchir à tout ça. Merci, Edvard, à la tienne !

Elle me fait un clin d'œil et vide son troisième verre.

– La mère de Constance s'en donne à cœur joie avec Papa, dis-je.

– Oh oui, constate Maman.

– Tu ne veux pas l'aider ? je demande.

– Il est assez grand. Viens, allons voir Tannenbaum pour le féliciter.

Nous avons fait la fête chez Luigi jusqu'à minuit passé. Maman a dit que nous pouvions manger et boire autant que nous voulions, qu'elle payait tout, ce fut vraiment une belle fête.

Tannenbaum m'a pris un moment à part et il m'a déclaré :

– Edvard, je suis persuadé que tu m'as porté bonheur dans toute cette affaire. Et maintenant, parle-moi de Jason.

Ma gorge se serre.

– Il n'y a pas de Jason, je dis.

Tannenbaum me regarde gravement.

– Tu me racontes ?

Je hausse les épaules.

– Mieux vaut peut-être pas. Je crois que tout ça n'est pas très clean.

Il rit.

– Bon, mon garçon, n'en parlons plus. Mais une chose est sûre : tes cours particuliers avec moi.... nous allons en reparler.

– Quoi ? Vous voulez arrêter ? Vous ne pouvez pas faire ça, j'ai besoin de vous !

Il rit de nouveau.

– Et moi de toi ! En échange, tu m'apprendras comment créer un site ?

Je lui demande pourquoi il lui faut un site.

– Peut-être pour élargir un peu mon activité de cours particuliers. Ça semble bien marcher. Regarde Raton et ses copains.

– Vous n'avez pas besoin d'un site pour ça, dis-je, tout excité que Tannenbaum *me* demande un service. Il vous faut juste un compte Facebook. Je vais vous expliquer.

Et c'est ce que j'ai fait.

En partant, Karli m'a embrassé légèrement sur la joue puis elle a disparu bien vite. Les autres sont repartis avec leurs parents et nous sommes rentrés tranquillement chez nous.

Quelle belle soirée !

(Si seulement Constance était restée aussi...)

Samedi 1er octobre, 17h37

La convention *Star Trek* était suuuuper ! Nous avons emmené Noffi et Boulet, ils étaient tous les deux en Ferengis et ils ont eu du succès, ha, ha !

Dimanche 2 octobre, 19 h 51

J'ai ouvert un compte Facebook pour Tannenbaum. Et j'y suis de nouveau sous mon nom : Edvard Gregory Walter de Vigny. Nous étions hier à la convention *Star Trek* et j'ai fait plein de photos que j'ai mises en ligne tout de suite. La voix allemande de Geordi La Forge a signé des autographes. Et l'acteur qui jouait Wesley Crusher était là. Je me suis fait prendre en photo avec lui (c'est Anselme qui a pris la photo) mais je ne l'aime pas tant que ça. C'est un sale prétentieux. Anselme le trouve formidable, ha, ha !

J'ai déjà quelques amis sur Facebook. Tannenbaum bien sûr et aussi Arthur, Anselme, Pisseux, Raton et quelques potes à lui. Et Karli a été la première à m'envoyer une demande d'amitié.

Karli a affiché sur son mur : *Je connais quelqu'un qui sait faire de la magie. Avec des étoiles et tout ça.*

Elle en connaît du monde !

Dimanche 2 octobre, 21 h 15

Constance ignore ma demande d'amitié bien qu'elle soit en ligne. Mais elle a accepté celle de Tannenbaum ! Ça ne va pas, non ?

Karli me tchatte : *Oublie cette bique !*

J'écris : *Je ne vois pas de qui tu parles.*

Karli répond : *C'est ça. Et les poules ont des dents.*

Demain, je dois retourner au collège. C'était plutôt pas mal, ces vacances prolongées. Tout ce temps sans Henk....

Via le compte Facebook de Tannenbaum, je peux voir le mur de Constance. Elle écrit : *Certains garçons ne savent vraiment pas embrasser !*

Elle a modifié son statut relationnel en *Célibataire.*

Henk ne sera pas de bon poil demain.

Merci à toutes les merveilleuses personnes du Baumhaus Verlag

À mes formidables agents Lianne Kolf
& Isabel Schickinger et leur équipe
À Aleks pour les étoiles
À David pour Alma
À Thomas pour le compost
À Philipp pour sa patience constante
À Frankie pour sa rigueur
Et à Christopher pour tout.

Z. B.